中国散文100强　　　　　　　　　凌翔　主编

山中谁解梨花意

唐兴顺　/　著

国文出版社
·北京·

图书在版编目（CIP）数据

山中谁解梨花意 / 唐兴顺著 . -- 北京：国文出版社，2024. -- ISBN 978-7-5125-1798-1

Ⅰ . I267

中国国家版本馆 CIP 数据核字第 2024Z8X539 号

山中谁解梨花意

作　　者	唐兴顺
责任编辑	侯娟雅
出版策划	凌　翔
责任校对	陈一文
装帧设计	金雪斌
出版发行	国文出版社
经　　销	全国新华书店
印　　刷	三河市中晟雅豪印务有限公司
开　　本	787毫米×1092毫米　　16开
	15印张　　　　　　　　200千字
版　　次	2025年2月第1版
	2025年2月第1次印刷
书　　号	ISBN 978-7-5125-1798-1
定　　价	69.80元

国文出版社
北京市朝阳区东土城路乙9号　　邮编：100013
总编室：（010）64270995　　　传真：（010）64270995
销售热线：（010）64271187
传真：（010）64271187-800
E-mail：icpc@95777.sina.net

目录

第一辑

003　风塑

005　感悟古寺一朵花

007　高空出锦绣

010　天平之水

015　花草档案

021　抬头望明月

023　黎明星月

025　欢喜

031　山中谁解梨花意

033　呵，春雨杏花

035　我自观花花不语

037　玻璃里的火焰

039　有意思的南瓜

043　一株小菊花

045　可爱的蒲公英

047　冬至日记

049　高岸新墙

051　在时间的宫殿里

054　转化

057　交叉与重叠

059　沸腾

061　活着的力量

第 二 辑

065　大年三十

068　会议风景

070　凝固

072　房檐与墙角

075　塔

077　火烧云

079　大道在水

085　一条山河

089　思玄

093　攀喧堂记

095　无名山沟的早春

099　遗落在地底下的花生

103　辛卯年正月十二日的雪

106　山林访谈初记

115　曾是故乡

第三辑

127　春风吹拂山林

130　太行雪光

133　黄河在壶口

136　荒村写意

139　发现杏花

141　深山远村

146　音乐会

148　云中牧

152　自然

154　关于雪的精神

157　灵石

160　绿命

162　石榆

166　伤残的葡萄

170　山崖之树

172　初夏

174　弯曲的竹子

177　难舍荒园

第四辑

185　云儿

194　路四

203　风林

209　看谷子的老人

214　双河物事

220　二姨

225　贫家之美

228　痛失坐骑记

231　淇河天女

第一辑

风塑

本来是去朝拜一处胜迹的，却意外地发现了你。一棵碗口粗细、丈余高低的树。甚至没有来得及辨别清你是什么树种。你的幸运在于你生长在一个恰当的地方。千条万条山岭从远方迤逦而来，到此处挽紧手臂，共同用力托起了一个孤孤的高峰。漠漠宇宙，荒荒山岭，默然寂然，似有所待。在这种等待中，你像一个不安分的细胞，偷偷地举起了一弯小小的手臂，发芽，伸枝，绿叶，黄叶。你出现了，便赢得了注意。山势形成的南风日里夜里、雨里雪里地朝着一个方向塑造着你，你的树冠便全部地倾向北方，长成定势，枝枝权权梳拢着停在半空。同行者李君说你如一个挺拔的女孩面南而立。张君又说你如一柄燃烧在野外的火炬。而我再三读你，觉得你仍然是一棵树，一棵被风改变着，又无可奈何的孤零零的树。

当然，你也不用抱怨。浩浩乎风，充满宇宙，其威雄雄，其力强强，却无形状。风塑造了你，你固定了风，你应该幸运你成了风的符号。何况，大而言之，你并不孤单。天之下地之上，万种万物谁不在风之中呢？风之过处，痕迹斑斑，日积月累，便成固态。山川河流，日月星辰成于宇宙之风;秦竹汉简、唐宋文明成于历史之风;人之男女、穿红着绿,手之舞态、足之蹈势、誉之曰美者,贬之曰丑者,成于社会时尚之风。

　　你这棵孱弱的树呀,莫非是大智者留赐给人们的一个昭示?或者是造物主遗漏的一点真谛?

感悟古寺一朵花

从古寺的一座院落出来，下石阶，上悬梯，要迈进另一院落时，突然出现的你使我怦然心开，如阳光照彻幽谷，如清流滋润旱田。你身处残墙断壁之瓦砾堆上，其实只是一枝平凡得不能再平凡的红薯花，却美得绝伦，美得惊人，孱弱的孤孤的茎秆不经意地从瓦砾堆里探出来，歪歪扭扭地举上去。有三五桃形叶儿递次分开，顶端捧出一朵花盘，小儿手掌般大小，紫红美艳，临风摇颤，残墙成为画屏，瓦砾成为装点，秽物生出光辉，四围因了这一轮花而成为美景美物。临近看时更有奇异，那花盘儿的内部构造让人叹为观止，薄薄的花膜儿，一层层横过去，一层层纵过来，便有了分布均匀的方格状小花心，花心如孔，娇嫩鲜丰，让人羞于细看。

人们称赞艺术品时常用"巧夺天工"一语，其实，于自然界天造地设面前，所有的人为造作都是枉然，任你千般心机、万般手段，都难逮一株草儿随意地那么一颤，都难及一片黄叶那么自然地随风飘落。

从这株花上抬起头来，寺门外正绽着满山红叶，一簇簇一片片，血红如染。诗人们说是美图画，千年万年地赞颂不休，实际上那红艳之色是秋霜残杀绿叶的结果，是自然界演化万物的些许轨迹。

　　我无幸学佛，至此却悟出佛祖"拈花示众"时的慈祥微笑，应是我们切入艺术的永恒"法门"。

高空出锦绣

整整一年前，我和朋友到柏尖山看红叶，那里的红叶这一年来一直在我的心里打转。琐碎的日常生活，三百六十多天里耳濡目染、应接不暇的世事变迁，都没能消减心中的这些风景，反而是，时间成了放大器，以红叶为主体的柏尖山形象在我心中更加美艳繁华起来。

回忆总是从那一道山岭开始。刚才还在山下盆地上，只一小会儿盘旋的道路就把我们抬升到高地上；刚才还是零星的红叶，路两旁这里一片，那里一片，现在却一下子大面积地呈现出来。岭脊上，脊两边四十五度多的坡地上，完全都被红叶覆盖。单说红叶也不精准，是许多种正在演变中的多彩之色，比如从绿、从黄向红过渡中间那样的很难准确命名的颜色。即便是红的，也分为浅红、水红、粉红、深红、朱红、酡红，等等。没有完成过渡仍然青绿着的叶也不少，她们像时间之河彼岸的青春少女，拥挤在时间的桥头上，争相朝红色过渡。有的在途中改变了主意，停顿在黄的节点上不再朝前迈步，那样子也十分好看。我们在岭脊的一条小径上走。小径本来是露着的，但在这个季节都被繁华的红叶掩盖了。只有确切地走至其上，才知道脚下哪里是路，如果只在旁边远看,几乎是找不到路的。

我们就这样走走停停,停停走走,一次次地把某一片叶子拽到眼前欣赏。最让人留下印象的是此处红叶的叶片特别大,有的竟和人的手掌差不多,红得也特别透,那颜色一度让人想起红颜佳人、想起粉腮朱唇,而这种念头很快就被否定,因为红叶上的红与人工装饰出的红是根本不同的。她们自然生成,是从空气和阳光里漂染出来的,磨不去、洗不掉。她们的肉体连同灵魂都是红的。人好说"巧夺天工",面对柏尖山的红叶,是应该收回这一句话的。在自然造化面前,我们真是不能乱说。这样想着的时候,你可以把红叶翻过来再看她的背面,一根竖立的脊骨,密集横排的肋骨和经络,完完全全是一架人的骨骼造型。这不得不让我们更加惊心,一片叶子真真实实和我们每一个都自以为十分伟大的人一样,都是自然里的一份造物。

此时,太阳已经升高,在深秋时节特有的温和而灿烂的阳光照射下,靠近眼前的红叶,鲜亮如初春新发的嫩花,娇艳欲滴,充满生机,一片片,一枝枝,一丛丛,都像正在拔节生长。稍微望远一点,会看到杂色斑斓,苍翠如染。再远一点,树与树相连,叶与叶混淆,呈现出如绣如织锦缎般的图案。毛泽东主席"层林尽染,万山红遍"这句诗,用在此处正合适。整个这一道约二里长的山梁,这时像一件半折起来的鲜艳的披巾。阳光把空气照成一面薄纱,恍惚地,稀薄地,笼罩在岭梁之上,使这巨幅披巾仿佛在天地间抖动。与这道岭平行着向两边展开的还有数道同样的植被,形体也大致相同的山岭。岭与岭之间的缓谷和坡地上,也一律被锦绣般的红叶错盖着。此时发生奇怪的视觉现象,这些沟谷和凹地在阳光与空气的作用下,似乎都在升腾,与岭表之色连为一体,升至平行,视野里一下子拉开了一幅大到天边的图画。远处天空有几片白云,云朵飘动,云朵投下的阴影笼着红叶同时在地上移步换形。人被化进去，仿佛真的来到了传说中的某处神秘地界。

拨拉着挂满红叶的灌木丛顺着岭脊继续往上走，一小时后进入一处平缓的圆形平台。红叶在四周簇拥，好像有意闪出这片空地用来接待山外来客。空地中间有一棵枫树，树干如屋檩，树冠圆如伞，树叶密匝，红黄相间，在微风和阳光里明亮地婆娑如语。如果把它放在周围红叶林中，它可能不会显得突出。这样一个小环境就使它像摄影家从美女堆里拍摄到的一个特写镜头，从整体到局部、从轮廓到细节都被展亮出来，甚至夸张起来。它有一个饱含深意的名字——盘龙枫。为什么？绕树三匝，仔细观察后发现，它的根一半在土里一半在地表，在地表的部分奔突缠绕，如雕如塑。将那形状说成是一条"盘踞之龙"似乎是不过分的。把龙和枫融为一体，把这样一个图腾般的符号引入红叶腹地，是颇为耐人寻味的。

站在"盘龙枫"下，抬头仰望，在空地的东部边缘，一道陡峭的峰峦拔地而起，沿着台阶向上，人迅速被抬高到虚空处。石阶细窄，折叠频率很大，像不断变换姿势的几挂长梯连接在一起。风吹着衣衫和头发，上来时所有走过的地方现在都清晰在目。整个柏尖山区的红叶像一张巨大的彩色地毯，平展展撑在脚下，撑在天地之间，像神话传说里神仙变幻出来的神毡，用来覆盖人间某些不美的东西。以这个为大背景，在天梯上再登几阶，劈面即见一间窄小的神庙，屋脊屋梁，石雕彩塑，花红柳绿的建筑材料，把小庙打扮得玲珑精致，像一枝被举到云端里的红叶。庙的门楣上写着三个字：灵霄殿。"灵霄"谐音"凌霄"，即便不考虑宗教文化里的意义，如此称谓也再恰当不过。人从人间来，走到这个最接近天的地方，也许也是距理想最近的地方，烦恼化为欢喜，幸福得以张扬，凌霄一步，怀抱洞开，精神如花！

天平之水

虽然北方山地里最缺的是水，但林虑山中有一个叫"天平山"的地方，却是终年奔腾着流水。水不是很大，却完全可以用"奔腾"来形容。水两边分别有两条栈道，栈道随着山势的高低走向而起伏而弯曲，人在两条道上登山，从一处相近的起点出发，越走就被分离得越远，脚下的沟谷自然是越来越宽了，可是流水还始终在你的脚下亮着。开始两个人轻声说话，互相回答，随口评点山里的一切，有时对一棵树，一株草，一块石头的姿态发生不同看法的争论，争论着争论着突然互相听不到声音了，因为脚下的水正从一个高处往下跌落，喧哗的水声淹没了人的声音。如果还要争论，就只有加大嗓门喊着说话，或者完全以靠夸张的手势和肢体语言。有时劈面遇到一座山峰，水的行程不必作大的调整，人走的道却需要拐许多弯，拐进峰后，拐到谷底，等再出来时，两边两个人的身段面影都被距离和空气模糊了。路转得厉害，山又增高了许多，人已经互相看不清了。这时候，人也乏了，会安静许多。坐下来，望天上云彩似画，看脚下流水如带。这水有的地方粗，有的地方细，有的地方结出一些水潭，明亮亮如一面面镜子。这样歇过几次，人就到了很高的地方，但离山顶仍然很远。拐过一座山峰，突然发现又看到对面的那个人了，平日十分熟悉的朋友，在自然创设的特殊情景下，刚刚分离了一小会儿，猛然又见，竟会十分的兴高采烈，欢呼跳跃，好像失散多年的重逢，真是叫人匪夷所思。这条水路的最后一笔十分神奇，两条栈道在半山腰上汇合一起，汇合点同时就是沟谷里流水的源头。人很快就能看出，此时的路恰如一把很深的弓，而流水正好似射出去的箭了。说是水源，是因为走到这里再没有路了，水就从这齐刷刷的石壁上溢出来，没有一股一股成形的水流，靠着崖根一溜，像人身上冒汗珠一样，滚落了一层又一层；崖根向外，形成了一个半月形的水潭，又集中从一个口上跌落山下。仰头望山壁上的痕迹，可以确定夏季行雨季节整个山顶上的水会瀑布般从这里流下。另外，即使是在淡水季节，源头水量较小，但由此出发向下，每一层山崖上都会不断贡献力量，水流越行越远，水量逐步增大，到了沟底，水的来源就更加广大，径流所布，千峰万壑，人往高处走，水向低处行，中游之下，水渐成河，水石相搏，浪花飞溅。

　　这是从栈道上看水。如果不从崖壁上走，而是直接沿河床走沟谷，就会看到水的另一种面貌，看到水在这偏地僻壤的一些隐秘行动。水直接面对的主要是石头，与石头处理关系是水的日常生活。我觉得水一旦诞生在山中，它差不多全部的心思就都在石头上了。首先石头是阻碍，是对手，而且坚硬如铁，要想从它身上通过，水在无数的日夜里琢磨出了一种办法，那就是智取。表面上不与它对抗，每天像玩耍一样轻轻拍打和抚摸它的身体，在时间深处用这种难以察觉的力量来把它融化和消磨。我看到一个地方，观察其形状，本来是一块从山体上凸出来的巨石，水必须通过时就采取了这种办法，水不仅削平它凸起的部分，而且兴趣大发，乐此不疲，竟然乘势在它身上挖出了一方宽大而温柔的水床，又在水床的边上分别修了两条沟槽，水在此处就十分从容起来，两边水流如练，摇头摆尾，叮咚歌唱，中间水平如镜，纹丝不动，日月云影，飞鸟流花映入其中。在床与槽之间的石头上，是水有意识暴露出来的工作痕迹，一圈一圈细腻的纹络，如人手上的指纹，每一圈都记录了它与水多少个日夜的谈话。我还发现就在这一处地方，水曾经打磨出很多个领地，后来又把它们放弃了，有的像碗，有的像舂米的臼，有的像烙饼的浅锅，都是水一点一点造出来的。还有一处硬石，现在是两丈多长的一段完整水道，但想当初也是水一层一层将它冲刷下来的。河道两壁，一层一道痕迹，层层相叠，如刻如塑，用手抚摸，有点像用了很长时间的搓衣板。在这里，水毫不客气地宣扬着自己的力量。而在有些它认为必要的时候，水也会采取隐蔽的工作方法。在一个苹果园旁边的河床上就发生了这样的事，水不与石头正面交锋，一开始就从它的下边插手工作，把一块石头底部全部掏空了、掏透了，使其像一个倒扣着的马鞍，直到现在还在上部的表面给石头保留了足够的尊严，水从下边流走了，石头乐呵呵的，假装不知其事。我从其上踏足而过，有意识地停留了几分钟，想想脚下发生的故事，心里有些想笑。

　　水还有一种普通的工作方法，光明磊落，不搞阴谋算计，遇到石头等障碍时，不迂回，正面冲击，靠实力解决问题。我在河床里转悠，到处可以看到这种战场的遗迹。这种大规模作战，水会审时度势，一般把时机选在水量较大的夏季。山洪初发，万马奔腾，所有石头都要经过它们的洗礼，洗礼过后，河床全部变样。泥沙干脆被带往山外，小石头一次一次搬家，刚刚稳定下来又被冲走，居无定所，最长也稳定不了一年，互相短暂地匝在一起，那姿势乱七八糟，任何人都没作长远打算。河床上拳头般的鹅卵石，碗口大小，暖瓶大小的石头，伏在水底，或者早已被冲向岸边在太阳下发光。最不想认输的是那些牛马般的巨石，它们想和水较量，较量不成，也不想完全失去尊严，用尽最后的力气停在河床上，以各种各样的姿态忠实记录着挣扎的痕迹。水退走了，它们很得意。你看有些石头仅仅以一个角为支点，像跳芭蕾舞；有些石头停在断崖上，一半已经腾空，像要立即跳水的运动员；有些石头，那么大的个子，竟然好几块垒叠在一起，你垫我，我支你，累累欲倾却未倾。它们以为胜利了，在阳光和蓝天下宣誓，其不知，水的下一次冲锋很快又到来了，除了收拾上一次的战场之外，水又捕捉了一批仍然不服输的俘虏。它们再挣扎，它们又失败，一年又一年，水越来越成为这条沟谷的主体，即便收兵回营，也让战场保存胜利者的尊严。

水的各种运动，不仅改变其他事物，也同时为自己营造快乐和安详。你仔细看看，有些地方一里地二里地的区间内，河底平坦，水草丰茂，鱼儿往还，浅吟低唱。平静的水面上停着外来的蜻蜓，特别是一种黑体长腿，会跳又会飞的小昆虫，一片一片在水面停留，这个落下那个飞起，水安闲着，不用心也不用力，那真是个好呀。在个别河床拐弯的地方，水一边调整方向一边把拐角上突兀的石崖冲平冲宽，造成很广阔的场地，并且把上面洗磨得光滑如镜。水呢？并不全部占有，它从一边就完成调整，早已顺流而下了，留下这些美丽的地方在河岸上。水自己最舒服的地方，我感觉是在水潭内。两千多年前，庄子和惠子曾发生过"安知鱼之乐？"的争论，两千多年后，我直接回答"安知水之乐"的问题。我说其之乐在水潭是直接体验过的。20世纪90年代夏季某日，我在小镇遇到了小我十来岁的朋友李小林，他当时意气风发。人在得意时遇到熟人和朋友会更得意，小林当时就邀我坐在路边饭店喝起酒来，酒后乘兴来水潭里玩水。原以为水会很浅，站在旁边的石头上一看，黑汪汪的不见水底。水从上边断崖上注入，和潭内的水混到一起之后又从乱石的缝隙间溢流出去，这样一潭水让我想起家里早年用过的水缸，不同的是容量更大，水更鲜活，每一粒水始终都是新分子。由于潭很深，水不像在河里那样匆忙，表现出休息、安宁和雍容的情状，完全不分你我地相融相拥，亲密得谁也不看谁，谁也看不到谁，所有激动和喘息，所有感慨和语言全都化作一体之身。表情与表情叠加，颜色与颜色相重，谁都失去了自我，谁都获得了再生，它们在潭内的情形一时变得像天空那样深邃。我们先是脱光衣服，本来还剩一条短裤在身上，按照山里的习惯，下水前洗洗肚脐。一洗，就势干脆把短裤也摔到了石头上，反正是深山僻地，绝无女性光顾。我们两个人呀，像两条鱼儿完全地与水相欢。曾经蹚过奔腾的河水，也在海边的浅水里游过泳，身体对水的感觉，在此时是完全异样的，它漂浮你，从下向上有一种反向垂直之力在涌动着你；它虽然也拍打你，却是从身体周边同时向你用力，而且似乎是用呼吸所发出的力来挨你的身子，作用在皮肤上，震颤和悸动却首先在你心里隐秘地发生。此时此地，这样的接触和相拥，对人异常新鲜，对水也应该是百年不遇。这一次在水下，我通过心这个器官听到了水的许多感受和秘密。也是这一次让我感觉到，走遍东西南北中，阅尽天上地下水，山潭之水是水中最快乐又最安详的水。

但是有一件事却奇怪，这个水潭中竟然没发现鱼，要知道旁边奔流的河中还是有鱼的，一群一群的鱼苗成团成团地移动，还有一种像指头粗细，又没指头长的黑体短嘴鱼，或在急流里逆水冲锋，或在水下石头缝里钻来钻去。它们怎么就偏偏没进去潭中呢？没有鱼，却不同寻常地发现了一条蛇。李君在酒力的作用下，一会儿爬上石头，一会儿跃入水中，甚至还攀上旁边核桃树的树杈间向水中跳。突然他惊呼起来——一条像锄把儿粗的白蛇从水里举出头来，我看到时它已经又伏下头在潭边游动了。我们两个赶紧爬到潭边石头上，穿好衣服，心里想是不是打扰了这条蛇的安宁和修行，同时想起那句千古名言："积水成渊，蛟龙生焉。"

花草档案

迁入新居，空阔无聊。幸有半圆花木草树作伴，开我心智，怡我倦容。今霜降日至，冷风中见草木萧萧，似与我语。不知来年春上景况会如何。今于此为各位立一小传，以尽书生薄意。

玻璃花

栽在花圃的最边沿，其身架、骨肉颇有点像田头畦边长着的马丝菜，杂乱的茎秆似乎举不起头来，稍稍离开地面了又弯下去，更糟的是根本看不出它有什么叶儿，细瞧才见碎碎的软乎乎的小片片在茎秧上分布着。妻子从别处将它移来时并没吭声，随手在土里拨拉了一下栽下去。引起注意是已经开出花来的时候，那种花碎小是碎小些，却鲜亮得耀人眼睛，而且五色纷呈，红、黄、蓝、白、绿、紫、青，是哪种颜色就纯粹到极致，鲜艳得似要浸出汗珠珠来，因为叶子不明显，所以开花时，整个身架上就几乎全部是花朵。花盘虽小，其构却丰，花盘花片花蕊花心，最深处偷偷地举着几条头发般的花丝丝。它三天一开三天一谢，凡遇开时从早晨七点开始，至八九点时全部绽放，十一点左右最鲜艳，下午四点后明显萎缩，晚上合眼垂眉，悄然若睡。第二天又如此。三天后败落凋零，又变得卑贱不堪。休养恢复三日又行花事。如此往复整个夏日。秋风来，寒流至，它最早成为一摊废物。看看那茎秧上萎缩、腐烂变成黑色的一片片一点点，我知道那曾经是最美所在，心里没有任何鄙视的意念。

炮打满天星

它是一株野草，花谱上没有它的芳名，此称谓为我女儿赐予。它整个一个精致而又泼辣的模样，粗糙的茎干，厚厚的大叶。是草本植物，开出的花倒像刺槐的花儿一样，却没槐花白亮，还凌乱松散。它的奇处在于它对生命的利用很巧妙。它甩出一串花在头顶上，招摇着，然后在人们不注意间神奇地就将开花的这一节变成了茎干的一部分，并且同时在这个地方开出三五片小绿叶来，作为此处开过花的记载。一路开花一路生长，一个夏日它就长了半墙高。这样，从它第一次开花的地方向上，整个就成了一个长颈鹿般的模样，而且都用细碎的绿叶围绕着。夏日将尽时，其顶端还举着三五朵花儿，在小孩眼里，可能就是礼花炮中"炮打满天星"的意象。

看酸枣

它随我从旧居迁徙而来，长在一个废旧了的和面盆内。由于长得时间久了，其主干已呈木质状态，枝条横举，碎叶密匝，整个态势既像健康少妇的发型，又如一棵茂盛大树的缩影。它是专为穷人长的花草，起初时只是一株野草，一点都没有花的模样，长上来也不用修剪不用浇灌，活了就活了，灭了就灭了。直到它稍有态势，特别是甩出一树红红的果球时，才引起人们的注意。它好像知道自己出身的贫贱，也知道在花的族类里很难有栖身之地，便巧妙地运用智慧设计了自己，干脆让自己的花开得碎了再碎，暗淡了再暗淡，而把精力全都费到果实上。一树果球如山楂、红似草莓,秋冬时节,尤为灿丽。它"以果为花"的战略决策获得了巨大成功。现在它放在我的阳台上,摆出一副完全是鲜亮花草的气派。冬季来时,我可能还会把它端到床头,让它生动的红艳和窗外的白雪相映衬。

臭香菊

本来你真是极好的,金黄灿烂,像一轮轮小太阳,强烈浓艳,就因为你太老实,没有心计,埋着头儿,憋着心儿,一个劲地往外开花。花开得太多太密,又没有层次,人们便厌烦了你,不再珍惜你。随便掐出一朵和任何高贵的花儿相比,你都不逊色,可是花界的道理就像人世上好多道理一样无法讲得清清楚楚。你叫"香菊"正好合意,人们觉得似乎便宜了你,就在前边加上个"臭"字。就这狠狠的一个字,要让我为你抱怨一世。

米兰

开始听到这个名字时,不知是不是这两个字携带的信息激荡了我知识积累的某个区域,反正心中便沁涌出一种很美好的感觉,眼前显现出高雅圣洁的意象。及至相见相伴之后,心中的美景美图便逐渐散乱零落,但是又不便讲出口来,怕别人说自己欣赏品位低。好多次朋友来访,当介绍出米兰时,我发现朋友都是点头惊讶:噢,这就是米兰!眼中透射出的分明是怀疑的神色。米兰呀,现在我不得不讲些真话了。我真不知道最开始你是怎样上到花谱上的,不说你是米兰,人们肯定会把你当作一丛荆蒿,那种长在山野、开着碎白花、枝条可以供农人编筐编篓的东西。不如荆蒿的是你的干条太粗糙,还杂枝横生。整个看来又像一棵树,像一棵想长大而又长不大的小老树,糟糕极了。有花儿没有呢?有的,那是一种什么样的花儿呢?极碎,极小,似乎又没有什么耀眼的色彩，偷偷摸摸地藏在同样很碎的枝叶间。我觉得你是靠了一个什么人为的特殊原因或特殊机遇才有了现在的名号。我这样讲并不是我要把你清除掉，我的觉悟还没有这样彻底。我仅有的打算是，把你深藏一角，不轻易显眼于人，而只供在人前吹嘘：我家有米兰！米兰呀，请你原谅我，对你做这样的记载，我心里也很不是滋味。

看石榴

石榴果实是一件很圣洁的果品，常放在中秋夜皎洁月光下的供桌上。让月亮奶奶品尝够了，大人总把石榴掰开来分给小孩们吃，一半或一三尖石榴拿在手上，真是舍不得下口。那微红色的硬硬的皮儿包裹着的原来是这般美好的东西，一粒粒珍珠样的小豆豆晶莹明亮，白里透红，被美妙地分布在一行行小格内。这样层层包裹，羞不示人的物儿不是圣品是什么？待送上嘴里一颗豆豆，立刻甜酸满口，满心满身的美好无法言说。但是，我院里的石榴多了一个"看"字，便使石榴从"果树"的家族客串到了"花草"的家族。也不知是不是"看石榴"做过嫁接手术就成了"石榴"可以长成大树、结出大果，不嫁接的"看石榴"就只能小枝小果地供人观赏。如果这个假设成立，那"看石榴"便是"石榴"的初级状态，石榴就其母源而言，便本来就是花草性的。所以，它挂满一身小喇叭般的红艳花儿时，它挂出一颗颗微张着的嘴儿、半红着脸儿的果实时，我们就不必惊讶异常了。但是，我的这株"看石榴"还有其更奇妙处，它的身架出奇地娇小，高不过尺，细枝细叶，长在一个碗口般的小盆内，连竖着的主干在内总共四五根小枝条，却挂着十几颗像模像样、有鼻子有眼的果实，活像一个小孩缀着满身的花绣球。造物的神秘，终归是人心难以企及。

铁碧连

我不知道你叫什么名字,看了你的模样,心中涌出这三个字的意象,便如此称谓你。第一次看到你开出的花时,我们一家你呼我、我呼你,我看你、你看我,真的惊呆了。你的枝干是木质的,叶子是硬硬的,像桃树的叶子,不过背面有些微微的茸毛,又像小时候我给猪打食时遇见过的一种野草。就在这样的物体上,好像就是直接从干枝上开出几瓣雪白雪白的花来。这花一尘不染,好像用冬天的第一场雪做成,圣洁娇嫩,如莲花,像睡女。"阳春白雪"一语用到这里最合适。遗憾的是我们一家人都不知道怎样侍弄你,两三朵花儿开过后,一团绿叶渐渐变黄发暗,是浇水的原因?是施肥的原因?还是开花太艰难,消耗体力太严重了?

红梅

一丛枯枝,横生斜出。腊月里冒出点点花蕾,并不急着开放,多少天过去,仍然紧紧地裹着花苞。到了开放时也不是一齐的,今天这个开了明天那个开了,清晨这个露红晚上那个半开,沥沥拉拉数十日,浓淡不齐。这种状况正合我的心境,最担心她迅速而来迅速而去。梅花的美需要慢慢咀嚼、细细消化,自古不敢慢待于她,"疏影横斜水清浅,暗香浮动月黄昏",请梅花出来时,必要先请"清水"与"明月"出来作伴,不敢造次。宋代的林逋自命清高,隐居西湖,与梅花住了一段日子后,却耐不住情性了,非常迫切地要让"梅花"做娇妻,而且觉得如果这样就只有圣洁的仙鹤配做他与"梅花"共同的子嗣——梅,到了一个什么位置了呀!细赏红梅,确实让人感到她像一个凝眸美艳的女子,把美,把风韵,把骚情,全都藏在骨子里,需要真正的"知己"才能领会和消受。她不仅美艳,而且颇具风骨,绝不轻易抛洒风情但是一旦钟情,便千里万里、千难万难地走来与你相会，不作铺陈，不用绿叶，干干净净，彻彻底底地给你最销魂的美。

凤尾竹

　　我想要的是几杆青竹，以合古人有关"竹节"的雅意。朋友送来的却是一丛叫不上名来的大叶竹，一问才知叫"凤尾竹"，名字倒蛮好听，不仅有竹，而且还连带上飞鸟之王凤凰的意象。唯一就是缺乏竹之气节。严格说，它基本上没有主干，根部有一点竹子的特征，稍往上即抽成一扇扇芭蕉叶子般的大叶。没想到在院之一角栽下不几日，她便表现出不同凡响的风韵。那夜月光下，我于院中闲步，不经意间见其枝叶抖动，袅袅若裙裾飘摆。走到跟前，看到她顶端的抖动精微细致，风大大动，风小小动，无风也动，"树欲静而风不止"在她身上不再适用。她完完全全是一个灵敏风标。由于她的存在，使我感受了别人感受不到的自然界的信息消长。其柔软无骨、婀娜多姿的态度表现出世上多少美女想表现而表现不出的千般风致。我注定要爱怜你，但不知冬季来时，如何保护你。将以此请教名家。

抬头望明月

我这样一个小人物，又长期生活在山里，年轻时心里还有些世俗方面的杂事，苦闷，奋争，解决人生中的一些迫在眉睫的问题。现在，心里渐渐地空了，空洞的心灵总要又有东西来占领。这东西不是别的，开始只感觉进来的是好东西，叫心舒服的东西，但具体了又模糊不清，不能确认。后来，我好像长了向内看的眼睛，看到心的宇宙里原来进驻的是星星、太阳、月亮、草木、山川、河流、飞鸟，等等，全是被尘世间忽略了或以为没有用处的东西。心里仿佛成了天堂。也有烦恼。可这是一种新的烦恼，因为这些新东西而生的烦恼，和原来的有根本的不同。自然界的景物、自然界中甲和乙、乙和丙的关系成为我最上眼、最留心、最动情的事物。

昨天是农历十一月十七，晚上不到八点，月亮就升起来了，只是我在屋里没看到。出来时看到院子里有一半的月光，如同在靠近南墙根的地方倾泻了一片水，或撒了一层白霜，而院子的北边就显得特别的暗黑起来，对比十分鲜明。伸长脖子望，月亮还没有超过房墙，进入不了眼的视野，只看到东墙外天空一片米黄色的光晕。我知道这是最靠近月亮的光景，可就是看不到那轮大圆盘。这耀眼光色的左上方垂挂着著名的"三星"，再向上是人间家喻户晓的"勺头星"，在它的旁边是一单颗星粒，有普通星星的两倍大，特别明亮，直接闪射着一道一道光芒，而且很晶莹，如果只看它单位面积的发光程度，甚至超过月亮。再仔细看，这星粒有一半似乎是紫罗兰的颜色，使它的整体完全成了一颗宝石。真是神奇，平时怎么就没看到呢？这样望着，我已经来到了大街上，天地开阔了。确实是难得的一个好天象。一连几天阴雾、飘雪，今日北风来过，徐徐吹了一天，天就成了这样澄澈、洁净。月亮和满天的星斗都像用"白猫"洗洁精淘洗过一样，星月背后的天幕也像淘洗过一样，而且没有留下一点皱褶。我还发现，在这样的时候天离人间近了很多，月亮像这个城市的一盏大灯泡，天上的星星和地上的灯火连接在一起。我心里滋生出感谢自然、感谢"上帝"的强烈冲动，很想拽住一个人说说话。可是仅有的几个行人，大都是袖手低头，急匆匆地赶路。人间有苦难，社会有不平，人们在红尘的挣扎里心灵已是千疮百孔，地上的事情正烦恼不休，谁还顾得了天上的事情？可是，我心里想，越是苦难，越应该注目天空。对于一个普通的人，能够够得着，又不必担心被欺骗的最崇高的依靠就是天空。

　　没有人跟我说话，可是有人停下脚步看我。我一边走一边向天上望的样子一定很滑稽。

黎明星月

半夜，听到窗外胡同里有动静，很奇怪的声音，好像有个人碎步急跑，并且是跑过去了，停了一会儿又跑回来。似乎这个人长得并不高大，重量如十几岁的小孩。当然，在睡梦迷糊之间，又觉得不像是人的动作。嗖嗖蹿过去，嗖嗖又回来，中间也停顿，突然又起。清醒后就想到这可能是风来了，在胡同里行动。

黎明起床，到院中，看天上一派青蓝，昨天的铅色雾霾被清扫干净，连一丝痕迹也没有留下。月亮是恰好一半的面积，不偏不倚，半爿圆镜处在稍偏西南的位置，向东斜过去，有两颗星星还异常明亮，三个明亮的物件一大两小，差不多等距离地悬在高空。仰头看了半天，看到它们好像分别被一根绳系着，当然系绳是隐身的特殊材料，就像晚会的舞台演员从高空而下时身后系绳而观众是看不到的一样。为什么感觉星月是系着的？因为月亮在我眼中是摇晃飘摆的，不固定，两颗星星也是，如两位儿童眨着明亮的眼睛，坐在稍微晃游的秋千上。我怔了半天，脖子都有些发酸，思想进入物外，快要升起，飞到月亮和星星的边上去了。

等到有心思看地上的时候，才发现院中满是落叶，墙角聚成了堆，台阶边沿一溜叶沫。本来残留在茱萸树上的几片叶子，很大，像荷叶扇的形状，都被吹到了地上，与杏叶、木瓜叶、邻居家的蔷薇叶、发黄了的竹叶混同在一起，相互埋伏。看来，昨夜的风，可能先是在屋后的胡同里行动，然后到前院来，把该做的事都做了。秋风对很多事是负有责任的，就像上班的人员，属于工作范围的事。风是不会偷懒的，只不过，我弄不清楚它每年光临的时间、具体出现时的形态。

我进而想到，天空的碧蓝之色、星月的晶莹明亮之色，也有风的功劳。清扫天上雾霾的工作量是很大的，一夜之间完成任务是吃力的。但风确实是把它们清理完了，而且以星星、月亮为标志，引得地上的人一早醒来就能注意到天上的变化。当然，在夜里，风是先到天上工作，工作完了，再到地上来的，还是说，它就只是按照一般程序，由低到高，由易到难，先在地上，而后才到天上去工作的？

欢喜

　　人与物的际遇和人与人的际遇一样神秘莫测。记不清是哪一年哪一月哪一日了，我在山中转，游到某农家院中，只见堂屋窗下香台旁长着一株枸杞，粗看有点丛生的样子；中间立起一枝主干，其他枝条似乎是要以它为主的，又不全是，靠拢它向上长的占不到一半，有半靠拢半背离的，有的干脆就没有顾及它，从根上分离出来直接向外长，长得欢；像长型豆粒样的小红果随意而稀疏地点缀其间，叶片深绿、浓密，能想到从土壤里向它身上输送的养料十分充足。几乎是突然间发生的事，第一眼看到它，我心里就和它贴近距离，并且莫名其妙地觉得它似乎是一位青年女子。

　　从屋里出来一位老者，应是这家的男主人。贫瘠山地上的劳作在他身上到处都留着印痕。他用凹陷的眼睛望着我，表情既惊讶又喜悦。我判断他通过窗户上一方块玻璃是早已看见了我的，因为他直接向我说道："你待见它，那你就要了它吧！"他这样，说得我都不好意思了。不由分说，老人就从西墙根掂起一把镢头来刨这棵枸杞。我本能地阻挡了一下，可镢头已经掘下去了。我想，在这株植物面前，刚才我肯定出了神,样子可能是滑稽可笑的。老人只管刨,不时扭头对我笑笑。他把完整的根须刨起来,又用几根红布绳把纷乱的枝叶拢住,交到我手上时,说:"它这是第二次搬家了。它本来是长在村外北坡上的,那年我到山里割草,坐在一块石头上歇息,看到它长得不赖,就弄到家里来了。"

尽管他反复推辞,我还是硬付给了老人几张钱币。尽管因此缘分,之后我和这户人家已经成了亲戚一般的关系,但当时带着枸杞往城里回的路上,心中还是觉得有一种夺人之爱的羞愧,想这位辛苦且寂寞的劳动者,在山中难得有会心的欢喜,当年遇到枸杞时一定是这般那般地激动过的,要不然也不会将一棵野生植物弄回家中。

我家院子本来是铺了石块的,而且靠南墙已经长着一片竹林,还有自然生长出来的杏树与木瓜等。为了枸杞,我掀掉一块石头,露出下边黑肥的生土,深挖一坑,到底部又把周遭展宽拓大,将枸杞的主根及细碎须毛全部埋下,在上边也小心翼翼不损坏它任何枝条,想在自家院中还原和焕发它天然的美姿。诸位大概不能料到,一段时间以后这株植物还是辜负了人的一片心意,它好像压根儿就没喘过气来,从枝叶的颜色上看是活了的,是与土壤接上了气儿的,但就是不欢长,向下沉的样子。为了多让阳光照它,我砍掉了十数根竹子,还在它头顶用铁丝架起一张三角形网,垂下多条细绳儿,分别系在长短不齐的枝条上,想把它们引上去。这样做的时候,我脑海里浮现着它蓬勃生长的画面,青蓬婆娑,绿叶密布,红果索索下垂。事实证明这是幻想,它终究不往上起,我用手把某些枝条拽上去,系住,几天后它还是向下出溜,有点像拉不上墙头,衣服裤腰反而被撸起来的小孩的样子。一直不知道是哪里对不上劲。

过了两三年,春夏秋冬数次更替,时间迁移了许多心事和情感,这株枸杞却又引起了我的注意。那是无意间甚至有点带着怨气所为而形成的，它不是反正都不长吗？就干脆拆除了它上边的棚架，对横七竖八的枝条也进行清理，删就删了，留就留了，最后露出那根勉强的主干。这时候，它的根部往上三拃这一截已经憋得比较粗壮，疙疙瘩瘩的，一条嫩枝从中抽出，摇摇而上，到顶端后甩出一团细碎乱枝。把一根竹竿紧挨着插到它旁边，用线绳把中间拢住，顶部呢，也随意地那么一束，了事，了事。我怀着有点复杂的心情看它将会如何。哎呀，怎么说呢，不几天内，它出现了一个完全的新面貌，从下往上，轮廓阿娜，隐约流眄。最主要的是头部，那些本来蓬散的碎枝此时又往上长又向下垂，整个看起来确实像了一位从偏僻山区进入城市，模仿城里人刚修理过发型的时髦女子，干净着，利索着，含蓄着，又跃跃欲试着。比真实人更有意思的是，从此，作为"美女"，她很多部分实际上要靠绘画艺术上留白的手段来完成，人在那些空的地方驰骋想象，神秘莫测或隐或显的万种风情在眼前联袂而至。刚进入春季，几乎与桃杏花同步，她就开花，花蕾极小，圆锤型，淡青色，中间凸起一点，然后从顶端开裂。随着裂隙渐大，其通体变色，完全绽放后，花形如一个微型喇叭，花瓣儿呈淡紫色，花筒里有几根细弱娇嫩的针状物，头上顶着一顶小黄帽。只几日，她的花就蜕变出小果实的样子来，从微黄色到淡红色，红色，深红色，紫色：颜色随着体量的增大而逐步加深。在人心灵的投影上，她的美又增加了锦上添花的新元素，可以说是风华绝代了。

但是，她生命的新际遇还在后边。她现在好像也在主动地动感情，用心思。她不让自己的果实一次性成熟，花儿也不是整齐地开放，今天这儿一朵，明天那儿一朵，青、黄、红、紫不同的颜色在枝叶间闪现。一直到植物界所有花果之类被秋风全部收拾完毕之后，天空落下细碎小雪了，她还在招摇花蕾，还要挂起红果。这期间，我发现了一个可疑的问题，小红果在枝头上停留的时间总是很短。有时刚看到一颗红了，转眼就不见了，又没刮大风，又没人摘去，看地上也没有。很奇怪，你可能会猜是鸟儿动的手脚吧？是鸟，但不是一般的鸟。我是躲在室内隔着窗户看到的那一幕。

这鸟不是本地土生土长的。第一次看到它，它是立在院里搁秧[1]上的，一条东西横扯供晒衣服的黑皮绳。它在上边惊慌失措，一会儿跳一会儿落，一会儿抖动翅膀，一会儿用喙啄皮绳，抬头低头，上下观望，总之是四围全是敌人的样子。它的身体接近麻雀的样子，但所有部件都比麻雀高无数档次，羽毛是彩色的，头顶一点白，白旁边有两撇黄，胸脯上印着一个艳红的圆圈，头顶至颈纯黑泛亮，两只翅膀又是绿色，尾巴像燕子的，上边散落着不同颜色的斑点，振翅时整个就是一个彩团在抖动。更奇妙的是它发出的声音，先是斩钉截铁地脆亮，似乎切住了截止了，突然又拉出一声长音，千里万里去了，又旋回来，拐弯儿，低下去，冲上来，强弱粗细顿挫繁复，那种钩力和敲击，只一声即摄人魂魄。观察多次之后，我才弄明白，第一次见到它的时候，它是正在侦探的状态。侦探什么？侦探地形和环境，准备向枸杞发起冲锋。当时实际上只有我躲在窗户后边看，其他没有任何人注意它，它又不知道，哪里需要如此紧张？你看，它终于离开搁秧了，落到杏树朝西的一股粗枝上，双翅抖动，啄树皮，左顾右看，突然飞起，降落到竹林里一块尖石头的顶尖上，身体被完全特写，单腿独立，一只翅膀撑开，似乎失衡，要掉下去，猛然又飞高，落在一枝斜生出的竹枝上，竹枝即摇晃，它即惊慌，又飞起，落于杏树高枝，向下望，箭一样地落地，飞快地跳跃，碎步，走直线，转圆圈，试探着至枸杞树下，又后退，又前进，跳起，落下，终于跳高，用喙对准一颗下垂的红果实，未得，再试，如是者三四次，最后一次，好像只

---

[1] 搁秧：方言，指扯在院中用来晒衣服的绳子。

挨了一下，就叼走了那果实，直接飞往空中，哪里也没停留。看它的样子，才第一次知道鸟儿竟然会这么样飞，斜冲着，翅膀紧缩在身，动力根本不是从翅膀上获取的，像有人突然射出去了一支箭那样的情形。我正有些沉迷，只一小会儿，这花鸟就又来了，还是先停在搁秧上，没了上次那么多犹豫，飞近枸杞，在树旁边半空中停下来，拍打彩翅，悬浮，飞翔，头伸开，喙挨着红果，而不叼不啄，只是飞，这是要干什么呀？当然它最后还是取了一颗，飞至院墙，稍顷，又来，又表演，前后五六次而不停歇。小小一只鸟儿，肚腹不足方寸，何以会咽下这么多果实？我几乎可以断定这鸟主要是来和枸杞玩乐的，它们在交流中相互作出约定，枸杞隔几天捧出一些成熟的红果，花鸟隔几天就飞来拿取，两者之间在有意拉长这个精神欢喜的过程。如此说还有一个证据，就是这鸟每次来都是单身独个，从不领任何伙伴，但它不可能是单独生活的一只鸟。其中的情况我猜测想象过很多，但终究无法完全知晓。

让人更费思量的是，枸杞的果实不泛红、不成熟的时候，这鸟也来。它这时候来，主要是围着枸杞飞，而且变换花样，把自己的身体竖起来，两爪像人的双手亮在前方，与枝叶相摩擦，那样子像是空中有根搭钩伸下来吊着它，可又极其灵活，转着圈飞，还很小心，一粒青果都不碰下来。玩耍一阵以后，飞起，盘旋，落在杏树一截光秃的短枝上，收敛翅膀与尾羽，头也缩着，眯起眼睛，像睡觉，可是它确实没睡，有一种奇异的声音正从它身上向外发送，低沉，繁杂，多音，长久地回响。起初没以为是它，因为它并无张嘴，脖子也一点都不动。到处都寻不作声源地，才又细看它，发现它凸起的胸脯鼓胀如团，正在痉挛般抽动，就像有人在舞台上表演腹语时那个样子。如果不是亲眼看见，难以相信鸟儿竟有这种本事，那么一个小东西，弄出来的声音却像是有千军万马在蠢蠢欲动，也如无数鸟儿在窃窃低语。我本来以为它是高兴得不行不行了，然后给枸杞作这一出特殊表演，后来又想，它难道不也是在给我表演吗？因为时间长了以后，我感觉它已经不害怕我，就从屋内出来，站在阳台上。好多次它都像没看见，与枸杞欢乐如常。

　　站在人的方面，我难道不是已经参与到它们的欢乐中了吗？枸杞来自山野，来自农夫院中，我来自太行山南段山脚下一个小村庄；鸟从哪里来不知道，但是从生命演化的旅程上说，所谓的来处也只是一个转送的驿站。人与物的区别也只在皮象上而已，于苍茫处我们都是同林鸟，现在因缘而聚。我们三个是我喜欢你，你喜欢我，我喜欢他，他喜欢你。我觉得真是不错，这个意思很有点大欢喜的味道。

山中谁解梨花意

春天很美好,但是经过的多了,人的感觉就疲沓了,多新鲜的草木,多艳丽的花儿,都被生活混同了,春天便仅仅成了一个季节。可是,昨日有些意外。在山中的一个谷口,我漫不经心地向里走,从一户人家门前经过,有几只白鹅伸着脖子,举着红艳艳的长喙,呱呱呱地叫唤着向我们进攻。说进攻也不准确,它们只是自卫,害怕人到它们和它们主人的家里去。人不触碰到它们设定的界线,它们就不再往前走。我们稍微绕开一点,鹅们就向后倒退,还在叫着,声音已经逐渐稀疏。路是斜的、陡的,拐一个大角,路换了一个方向。人立定,向上望,看到一个突出来的台地。路在台地上似乎是横平了下来,要从台地边缘伸延过去的,但等走上去时却看到并非如此。刚才路只是被台地遮蔽了,它实际上并没有平下来,而是斜着,以更大的坡度进入了树林中。但是,我却突然感觉这块台地非常好,离开小路,踏进去,是暄的,脚下像踩着细软的弹簧。地边有块斜砌在矮岸上的大石头,经年的风霜雨水把它的表皮染成了像烟熏出来的那一种浓黑色,但很干净。我将身体靠上去,双手按在石头上,有些凉,又不是冬日的冰凉。石头左上角有一块干泥巴样的东西，形状像半个花生壳，严实的牢固地贴在石皮上。我知道这是一个类似蚕虫一样的生命方舟。它进去之前应该是虫的形态，越过冬季，酣睡一觉，人间四月天，春暖花开日，它破茧而出时就成了一只长了翅膀的"神仙"。此时人容易产生要打开它看稀罕的欲望，但必须把这欲望按下去。如果不克制，那将在另类生命的世界里和轮回链条上造成极大的错乱或悲剧。以眼前季节的气候看，小泥巴里生命的蜕变可能已经接近尾声，凤凰涅槃的精彩华章即将上演。

这时候人有些发怔，目光停驻在远处的山岭上。猛然间视野里飞起一阵白蝴蝶，似乎是从山村里几座房屋之间飞起来的，整个一团，步调一致，像从电视上看到的某种密集成阵的鱼群在深海里迁徙时那样，先飞扬到高处，作出一个大弯曲的形状，而后斜冲向下，再向上，平着直飞，再俯冲着斜飞，隔着几道墁坡和一条干河床，朝我所在的地方飞来，到我头顶天空的时候，分散开来，满天飞舞，如大雪初到时的样子，雪片硕大，稀疏着，零乱着。直到它们有的落到我的头上衣服上，我才清醒过来——它们是一阵飞舞的梨花。想想它们刚才好像有生命、有组织地飞行的样子，心里甚至有些惊恐。再朝那个山村望去，仔细辨认，它们确实是从一棵树冠很大的梨树上飞起来的。周围还有桃树、杏树，都开着浓艳的花，怎么偏偏只有梨花飞起来？难道那片花林是有组织的吗？或许今天是山林的什么节日，"总导演"在安排着，要一棵树一棵树、一种花一种花地表演？我惊喜而急切地等了一刻钟，桃杏花依旧未动。

呵，春雨杏花

这是今年的第一次春雨吧。春雨就是春雨的样子，静悄悄的，开始时是不容易感觉到的。昨日傍晚仰头在院中，隐隐约约有潮湿的星点落在脸上。怎么会下起来呢？夜里如厕，听到窗外有滴水的声音，便知道是真的下雨了。早上院内已有一小汪一小汪的积水，很浅。天气仍有寒意，或者不能叫寒了，只是有点冷。寒是深入一些的，而冷属于表面的感觉。刚刚吃过早饭，棉袄里边的身体甚至有一点温热潮湿的意思。立在雨丝中，看杏树枝上被打湿的花苞，正在破红，微微弱弱，可分明又是极艳的，知道它们每一粒都会绽开成美丽生命。这一棵树啊，在我每日的视野中，又要开始一场生命之跑，从热闹拥挤、繁华锦簇，到逐渐凋零，分别剩下残红的花蒂，而后都交给果实，以另外一种形态再往前跑，跑……大家在跑的路上有的掉队，有的继续，大部分跑到终点。终点是什么呢？是圆满，是成熟。成熟之后，很不想说出这个词——腐烂。腐烂之后是什么呢？是一片苍茫。杏花杏果包括杏树它们本身或许不清楚，一直像做梦一样。而我们人类，在院子中，立在它面前的我，知道在这苍茫之中，会有无数的机缘和选择，又会有杏仁的破壳出土，又会有一棵树从杏核上长出来,一颗核开出万朵花,一棵树撒下万颗子,如同宇宙星河之无穷。再往前的事情,人,此时的我也想不出了,停步在毛泽东主席曾经赋诗的"坐地日行八万里,巡天遥看一千河"的位置上。呵,春雨!呵,杏花!

我自观花花不语

开门出院，晨光正好，抬头看花。梅花似老，尤其是靠墙旮旯的半枝，鲜艳已过，花瓣儿层叠簇拥，体态也有些臃肿了。木瓜花正是开放的时候，靠窗玻璃有一朵已经全开，鲜嫩素美，含而不蓄；其他多是半开半合。整个一个树冠，花苞繁多，点点如星辰。这棵树从美的角度说是一年里最好的状态，就像身体里的美憋了一个冬季，憋了三年疫期，现在允许开放了，便开，憋不住地开——那劲头，那情义，那含在内里又想表现又受着某些限制的精神形态，真是好极了。世间的人，有谁来呼应它一下呢？看一眼，领略去，不辜负它这样一个时刻！

杏树还是原来的形体，像一只展开翅膀的凤凰，一个大枝从南向东北伸展，极长，与整个树枝的分布不成比例，比较突出，很明显是一个特异，越长越长，平伸的杆中间竖立向上长着几根短枝，像人工栽上去的一样，此时都开着花苞。顶端有一簇浓密枝丫，开得已经很艳，浓郁郁一团红紫，略带一点粉白颜色，如吊在半空中的一个花篮。杏树树冠头顶离太阳又近些，当然是开花最充分的，像一片粉红色略带紫霞颜色的彩云兀自在那里停留。这云头上可曾站立一位仙女？可曾还有一位仙童？可曾还有一位银发仙翁？我看不到，不一定不存在。科学上说肉眼看到的只是物质世界的百分之九十五，正像我们这样的生命层级，现在能看到果树开花的样子，好像是普通能力，细想想并不简单，并不是所有生命体都能看到果树开花。在鸡呀、鸟呀、蚂蚁呀等眼中，杏树也好，木瓜梅花也好，是不是就一直没有变化呢？甚至在有些生命眼中，它们是不是存在都不敢确定。所以，人还是高级一些的，我还是高级一些的，但切切不可自大，身边有万物，头上有神灵。我们视力弱，宇宙真伟大。写到这里突然想出两句话：我自观花花不语，蜜蜂飞过矮墙来。

玻璃里的火焰

坐在屋前的廊台上，时间是傍晚，暮色等一会儿才会到来。我猛然看到，窗户上沿的一小块三角玻璃里燃烧着一团火，火焰忽忽燎燎，灼得稀奇。吓了一大跳，迷糊间站起来望，火焰的面积比坐着时看到的更大。火焰是黄色的，似乎正被风吹着，跃动着朝远方蔓延，好像是有无数匹身上着了火的马，昂头奋蹄，四散奔腾，一下子把火带到了天际，面积无边无沿，形状也在急速变化。在火的一个边上，突然单独蹿出一匹烈马，疯了似的往更远的地方跑，在它的身后现出一条金碧辉煌的大道，放射着璀璨的光芒。与此同时，火已经不再挨着燃烧，整个都在跳跃，在舞蹈，一团一团，一点一点，一溜一溜，千姿百态地瞬息变化着。颜色早已不是全部的金黄，朝红色的方向过渡，浅红，粉红，柿子红，胭脂红，紫红。似乎也有了烟，淡青色的，丝丝缕缕的，在火焰的上空或周边缭绕。突然一下子巨变，整个火面变幻成一只巨大的火凤凰，翼翅满天。

最初的惊奇过后，我实际上已经知道这是西边太行山顶上的晚霞反照过来的，但是这仍然冲淡不了我的好奇和玄想。与太行山隔着好几里路，它那里的云霞要正好照进我家这块小三角玻璃上，中间需要有多少条件和环节，而且怎么会照出那么大的面积呢？仔细想想，那些晚霞也不会专门停驻在太行山顶上，它们本来是来去自由的云呀。停下来，在变成彩色的时候照过来，谁的主张？谁的操作？进而想到，在人间肉眼所看到的事物之间，有多少都在这样相互反照着呢？有些实际上的虚物被我们当成实在，而有些实在却被我们当作虚妄视之。另外，地上、天下、空气里，有多少相互的映照、彼此的虚实是我们人类看不到的呢？是的，我们已经有了显微镜和量子测定技术等所谓的科学手段，但所见之物对于无限苍茫的世界仍是九牛之一毛。所见之外，万千事物之间的联系，对于我们仍然是一片黑幕。玻璃上燃烧的火焰，也可以看作是人的思想在上面的反照，是思想在未知中绽放出的花朵。

　　我靠近玻璃，看到一只带翅膀的大蚂蚁落在玻璃表面，它拐着弯，走走停停，停停走走，好像有什么思索。它能看见里边的火焰吗？

有意思的南瓜

一棵南瓜苗从院子边长出来，新生命青翠、稚嫩、蓬勃的姿态让人不忍毁掉它。它长得很快，马上由单薄而繁茂，叶片也大起来，紧接着又伸出一根细条秧，爬过道路，顺着石块垒砌的地面继续向北。这时候有人说得拔掉它，没什么用，又注定长不成，妨碍走路。我当然没允许，而且这不是临时的想法，实际上我注意它已经很久，有意识地不向人指出。人对熟悉环境里的变化是迟钝的，不专门说，一棵草一样的东西是可以在人的眼皮底下生长一些时间的。已经不错了，再怎么说它已经长出了一个样子，原来想它自己要是长不出，一开始就蔫了、没了，也就算了。

这期间我是很上心的，每天都默默看它几次，一种有希望又不知所以的隐晦或复杂的心情。见它有了架势，心情就开朗、高兴起来。院子虽然不大，但人的活动空间有多少是足呢？只要愿意留它，有的是人落脚和走动的地方。春夏之交，阳光温暖而灿烂地投射在院子阳台上面和下面，南瓜的藤秧向着阳光爬行。它在前端举一个嫩头，毛茸茸的，有芽尖，欲包欲放，箭镞样的一团小东西，虽然看不到、说不出，可是我觉得这上面应该有它的眼睛、嘴巴或者还有耳朵。要前进，总要解决视觉和听觉的问题吧？它上方是杏树与梨树交叉生长的枝叶。中午时分太阳直照，浓荫投落在地上，也落在南瓜秧上，大个头的喜鹊和小个头的麻雀在树枝上跳动啄食，朝地上看好像它们也在南瓜秧里找虫子吃。

我曾经闪过一个念头：万一它到秋天结出来一颗大南瓜呢！只是一个闪念而已，它生长的土壤、空间等条件，决定了这个情况可能是不会出现的。另外一个想法虽然有些浪漫，却是能确定的，就是一直任它长，不需要什么结果，只要有这一茎长秧，它越长越粗越好，不长不粗也行。冬日大雪来时，雪降落的过程就是埋压它的过程，它的身躯就会像雕塑一样在雪中渐渐凸显，就会像龙蛇那样隐约、沉静而奔腾。那时候，天地清洁，万籁无声，物我如一，将会是多么好的一个情景。

其间，有过两次，在秧条与叶子交接的地方好像是开花了，一小团青黄色的物质聚合在一起，分裂，打开，有细条纹的花片出现。但它似乎没有力气举起来，只一两天就蔫了。这可能就是我的祖父曾经说过的"狂花"。狂花相对于果实来说是一种假象，让人空欢喜。这个现象后来还曾经被我运用到社会工作中，要求自己和同事力戒浮华，养成抓住事物本质的思维和行为习惯。对于狂花，有经验的农人一看就知道，不容许它消耗农作物的精力，往往一露头就会被打掉。但是在院子里的这一棵南瓜开了狂花，倒让人欢喜，说明它差不多成了一棵完全意义上的南瓜。从此以后，它的藤秧和叶片长得更快，一转眼一个样儿，健壮丰茂，弯曲腾挪，成为小院中的一处重要存在。人们走路需要跨越或绕开它，人与植物之间发生了一种崭新的关系。

它后来又开了花。这次不同上次，开在顶头上，那团娇嫩的青黄一开始就饱满丰盈，很快又抽长、分裂，现出一个喇叭形。外边的青萼微芒历历，晶莹闪烁，里层花片从下往上是由鱼肚白逐渐向蛋黄色过渡的颜色，花蕊中间竖立着一小片丛林般的银针，每一根都在头上顶着一星点娇羞的浅红。它们共同围拢着一根粗壮的圆柱，这圆柱头上也顶着个东西，玉白颜色，形如斗笠，尖锐而圆润。每天太阳落山，这花的所有花片会自觉收拢，合聚成一个和梭形相似的形状，第二天太阳升起又会自觉地展开。很惊讶我家院子里的这样一个小东西，怎么会和太阳发生这么精准和紧密的联系呢？聚散开合，日升日落之间，花片中间的圆柱体愈来愈大，逐渐发育成南瓜果实的样子，直至把花顶在头顶上。花的形状没有保持几天，就被果实化育吸收，剩下一点残叶碎片被风吹散了去，但是可以清楚地看到，原来在花蕊里的那几根银针，现在在南瓜体上仍然保持和留存着竖列的条纹。花片是皮肉吗？银针是脉络吗？而那根圆柱是它的筋骨吗？阴阳在南瓜身上究竟是怎么结构和实现的呢？一片神秘，一片浩茫。

  这颗南瓜后来长得也大，当然不是绝对的大，是指相对于它的环境，包括土、肥、阳光、风等条件的局限，它能长成像暖瓶那么大，匀称、饱满，让我觉得它的生长里是不是也加进了人的因素。人经常地观察、欣赏、理解它，这些意念性精神化的东西深入某个层面后，是不是可以实现天人交会，万物相通呢？

  这一棵南瓜，终其一生就只结了这么一个果，跑那么远的路，费那么大的劲，应该是从一开始它就秉持有这个使命，然后执持着这个理想，往前走。果实未成之前，在南瓜那里就一直明白着果实的样子，往前走，只是要完成这个结果，就像画家早已成竹在胸，抚案泼墨只是在完成心中所想。

  这棵南瓜个性很强。秋天结束，冬季来临，人们为了储存的方便，把它切成薄片，晾晒到石板上，想不到在太阳暴晒一段时间后，它们一片一片的都跳跃成舞蹈的形状，有的直立，有的像奔跑，有的如虎坐，也有的弯曲如桥，差不多没有一片是平静地待在案板上的。

一株小菊花

　　一株小菊花长在院中石缝里，开了五个花朵，离地不到一尺。因为干细力弱，花朵早就把她压成了斜立弯腰的姿势。她长出来比较晚，好像是旧历八月才出现。别的菊都已经开花了，以为她开不出来了，后来竟开花，一朵又一朵，玉米粒般的花蒂，逐渐绽放成比指头肚大点的花盘，紫色，稍有风来，摇曳焕彩，成为每天吸引我眼球的一个亮点。

　　要说她的力量该是极小的，严寒到来受打击的首先应该是她。可是事实并不是这样。她坚持得很好，霜降、立冬、小雪、冬至、大寒这些节气过后她仍然很鲜亮。她这样，反倒让人们替她担忧，这么坚持，这么不屈，可是自然界的最终法则肯定是要到来的呀，她怎么面对？怎么结束？

　　今天早晨打开房门，像小米一样的冰粒正密集地从天空向下飘落，靠南墙的几竿青竹被冰粒压得弯曲到院中的搁秧上，地上铺了一层，原来有浅水的地方现在成了稀薄的软冰。这株小菊花仍然在那儿立着、弯着，颜色仍然鲜亮鲜亮。

　　一直到上午的时候，天空下得更大，冰粒颜色变白，在地上铺了一指厚，小菊花像跳跃在素白宣纸上的一团火焰。我不想近前去细看，说不准是冰雪已经把她固定了，连同她鲜活美丽的颜色一并冻结保存了下来——要是这样，真是很好的。

可爱的蒲公英

外出几日归来,小院杏花谢了,梅花谢了,木瓜花也谢了。枝条长了,绿叶肥了,玉米粒般的青杏、油虫样的木瓜如梦幻一般布满枝头。盆盆罐罐,墙角石缝之间,叫不出名堂的青芽嫩条像火苗一样向外喷吐。我不在家的时候,春天的大部队已经来此驻留数日。想想春气幻化,百物竞生,日月哺育,看似寂寞的地方曾经上演怎样的热闹!

在小院的拐角处生出一棵蒲公英,瘦弱的锯齿形的叶片贴在地面上,每一片已有手指那么长。由于受硬化水泥的影响,它们一律朝南,往一个方向生长,委曲,单薄,但那勃然而生的气息很让人心动。没人时会寂寞,人来了又可能损坏它,我找来几个石块,摆放在它周围。人是喜欢便捷的动物,稍见障碍即会规避退缩,这几个小石块或许完全可以排除过路行人对它的践踏。

没想到,蒲公英因为这一点点的爱护,而做出了出奇的表现。它先是把伏在地上的叶片举起来,腾空而起,拢成一蓬,使自己由扇形变成伞形,叶色也青绿如染,莹莹然喜在茎叶间。然后从内部底下举出一根花柱,透明的,玻璃般的,像人们饮用饮料时所使用的软管那样,头上顶起一小点花蕾，举，举，再举，花蕾变成花盘；花盘先如向日葵般紧凑，而后松开，松成金黄颜色的花丝。如此花柱，几日又出一株，又出一株，三根花柱，如三炷高香，在小院，在天地间直立。

一些确切的事实表明，人与草木，与任何其他形态的生命体，从根本上而言是没有区别的。人觉得自己是其他生命的主宰者，这是一种浅见或错觉。在更大的生命空间与跨度上，究竟是谁管谁还不一定呢。说物类相隔，也只是人的能量太小，没有本事求取到所有生命背后的最大公约数。对待这一棵蒲公英，我用最真诚与最朴素的情感。虽然只有那么一点点，但它很尖锐又很温和，尖锐到如镞如箭，温和到如息如气，发于一点，应于其心，灵根振动，物类之间的壁垒消弭相融。人与物，物与人真是能够实现确切的情感交流的。

冬至日记

窗外一棵小桃树，三四年的树龄，去年第一次开花，在朝南的一枝中间，开始淡粉色，之后浓艳至极，但未结成果实，被春风吹散了。今年又开，仍然未成果。说明她年龄确实还小，没有力量完成结果的过程。除了花之外，她的叶一开始就很大，每一片叶片差不多就是一颗丰硕桃子的平面图形。花谢了以后，欣赏她美丽的叶子也很有趣味。进入冬季，满树叶片转黄，年轻的树、青春的叶黄了也黄得好看，透明晶莹，油光发亮，微风中索索摇动，如一树金黄色的铜铃。天气转寒后，连续几日黄叶飘零，但是她主干最上边有十几个叶片却坚持着，不仅没脱落，还被严霜染成了红紫颜色，远望像一串大红的牡丹或大红的月季。叶片变成花朵，这真是一种伟大的转换。"霜叶红于二月花"，只有目睹她们的生长过程，才可以抵达那样一种难以言说的情感秘境。

可是，演化仍在进行，生命从不停步。今天早晨，拉开窗帘，看到小桃树上的树叶全部落光了，地上也没有看到那几片红艳之物，她们是在夜里脱落的，脱落之后被风或者什么请走了，不知道去了哪里。现在看这棵树，没有了任何装饰。从春天带来的所有成果，实际上也是生命的负担，被她全部甩光了。年轻的茂密的枝条从干上举出，不偏不横，反向垂直，直冲云天，像一丛插得很密的生命之旗。东方红日晕染着她们，每根枝条通体透亮，闪耀着玫瑰般的光芒，赤条着，轻松着，埋伏在最严寒的时节里，清醒地酣睡着。这个时节是天地日月向她输送营养的最佳时刻，一点也浪费不得，只有赤裸了身体，安静了灵魂，才能最大限度地接受这天地自然源源不断地恩赐。

年轻的桃树，阅历尚浅，生命的成果还差不多是零。或丰硕青翠或灿烂美艳的叶子，也许曾经让她留恋，但放弃是最合乎天道的选择。出拳，要曲回来再打，曲得越彻底，打出去越远，越有力量。年轻的桃树，路在远方，光秃了，虚空了，新的能量会来得更饱满，大绿，大红，大果实在下一个春天，在下下一个春天。

高岸新墙

我立在下边,岸垒砌在上边,岸上是一块田地。

本来正走着路,之所以停住脚步,是因为这一道高岸,因为高岸中间刚垒砌的一截新石、新墙。这条路我经常走,路两边的山石草木都像好朋友一样熟悉。年前腊月二十几还来过,这道岸被雨水和山洪冲出的一个豁口,当时还豁溜着,土渣碎石从上边冲下来覆盖着一大片陡坡。仅隔了一个春节,今天也才是正月十五元宵日,这个岸豁就被垒好了。做活儿的人很认真,岸根地基牢固,未动,从三分之一向上开始重新施工,正中间上下叠加三条土黄色巨石,长短不一,正好与两边的旧墙相咬相契,发挥出对全局的稳定作用。往上分别用大小不同、形状各异的石块慢工细砌,石块之间你中有我、我中有你,各取平面,互为深浅,墙体外表形成的石缝蜿蜒如蛇,如线,如图画。

新岸高悬,人在下上望,眼前仿佛出现了那个已经不在现场的劳动者。我拿他和我祖父的形象、和我父亲的形象、和我早年在老家左邻右舍的一些大爷大叔的形象相类想,抽象而又具体地还原他们垒砌这道岸时尽可能多的细节:他们的脊背,他们的腰身,他们的面色、皮肤,他们的眼神与心理活动，等等。很显然，干活儿的人是抱着希望在垒砌的，是想让石岸在尽可能长的时间里不再倒塌的。参加施工的有几个人？动用那么大的石块，肯定不能是一个人，说不准还启用了吊车之类大型工具。以现在的人群社会结构，不同的人是如何组织到一起的？这中间埋伏着许多情节和故事，我再怎么想也不可能完全想清楚。

这道补起来的高岸新墙，在我仰望的视线中正好与远处的太行山主峰相重叠。山顶积雪未消，奇峰耸拔，大山的三层横堑如龙如带，从山根向下逶迤而来的广阔墁坡，是太行山雄厚的基石。而眼前的这一小片儿新石造像，恰如一枚落印在山体上的鲜明印章。

甲辰正月十五元宵节山行一记。

在时间的宫殿里

在这个村庄的北部,从房屋和街道的面貌看,这个村落的建立应该是从这里起步,逐渐向南推进,或许有几百年了吧。新式的房子,村委办公楼,金属旗杆与旗杆顶端飘扬的红色旗帜,建有多种体育设施的村民活动广场,还有停放的汽车,等等。这些新鲜的事物都集中在村庄南部。从南部到北部,中间有几条或者径直或者弯曲的胡同,在胡同里走着,不知什么时候,突然就能闻到一种古气。古气是什么气?嘴上说不清楚,它是味觉吗?即便是闻到的味道,也要通过视觉的帮助。坍塌的房屋、黑色的小瓦、瓦上的苔藓、房檐上堆积的黑土、墙皮上雨水冲刷留下的图画般、书法笔画般的痕迹。路面是石头铺砌,铺得扎实、规范。路中路沿选用不同颜色石块,垒砌的形状也不相同,垒砌的时候是考虑生活便利,考虑后代子孙,是准备让人长期便利生活的。石块被踩得起明泛亮,但凭感觉大量人踩它的年代已经逝去很远。它现在的主要功能差不多只有一项,那便是成为雨水集聚和流泻的通道,部分地违背了当初修建者们的意愿。这里的房子多数已经无人居住,但凭着点点滴滴的一些留存,人只要稍一转念就会想到这里曾经的各种各样的男女、各种各样的家庭生活。人的联想功能很神奇：地点不变，人物不变，只是一个念头产生，便可以唤醒甚至创造出活生生的鲜明世界。人在房屋内外活动，小孩玩耍、调皮，少男少女各种形态的求爱与怀春，母亲、父亲、爷爷、奶奶们的形象与声音一一复活出来。联想的人结合了自己的生命经验，这经验像电子对撞，像酵母，在这废旧村居的群落中盛开如花，激烈似火。

走出胡同口，路被两边的草淹没，感觉脚下还是踩着石块，但是某一脚就完全踩在草上。草的种类并不多，宽叶的草更少，主要是那种几乎到处都有的狗尾巴草，像小麦或韭菜一样的叶片，挨着地面分蘖，长得很肥。从中间蹿出一根细茎，带着分组对生的叶片往上长。大家挤在一起，草多势众，成为此地主题。路是斜着逐渐抬高的，蹚着草往上走，很快就能望见正在施工、快要建成的一个高速公路隧道。本地朋友说村上没什么好看，只有这个隧道和即将建好的绕村高速公路是稀罕事物，可让外地朋友一观。

但是，还没等上到坡上，我就被另一件事物所吸引，准确地说这是一个极微小的事物。它是一株小柏树，准确地说还不成树，只有两拃来高，还是树苗的样子。可是它的干的质地和枝叶的颜色告诉我，它已经生长好多年了。它长在一堵石砌高墙的根脚上，很细却坚实的根比它的干还要长。皮有些老，历经风霜的样子，爬过石墙向下，扎进土里去，在土和墙相接的地方结出一个比核桃还要大的瘤疤。此处应该是一个关键环节，在这里柏树苗实现了绝处逢生的可能，无奈、绝望、抗争、回旋、寻觅、妥协、前进，微弱的生命原力集聚，突起、扩张。孤悬的生命一经与大地连接，哪怕细弱，只要牢靠了，就会吸收到无穷之力。在时间的宫殿里，小柏树就有希望长成大柏树。

这堵墙是一座庙宇的侧墙，庙门像山村普通人家的院门，容易被忽略。那位当地朋友这时候才说起庙的事，说庙是先民在明朝从山西洪洞移民过来时就修建了的，几经重修扩建，一直是本村人祭祀娱乐和集中议事的地方。因为新冠疫情需要避免人群聚集，这座庙门已经关闭了三年。踏上高草遮盖的青石台阶，从门缝可以望见里边的石砌甬道、庄严香台、木竿上残破了的三角形黄色旗子，以及主殿偏殿的某些角落和凌空飞檐。再回望侧墙边的这棵小柏树，恍惚之间我突然感觉它特别像《西游记》电视剧里那个被压在五行山下的孙猴子。它会活下来，会生长，但一定是活得艰难，一定是生长很慢。再过五十年，一百二百年，整个村庄可能会再往南扩张，高速公路带来的新生机也可能会完全改变村庄的模样。这个村也像一棵树，树冠增大，风华张扬，但是我觉得它的根和魂，可能永远都会在这棵不畏艰难的小柏树上。

转化

我家院子西墙根有一棵歪脖子木瓜树。它向北长，长到我卧室朝南的窗户上，从玻璃望屋内，想进去，就又长，不知道光明是个假象，长出来的新枝被逼仄地竖起来，又贴着玻璃向上，中间不断向里用力，终究还是进不到屋内，但是，却成就了人眼中的一副别样景致。它的这种用心和努力，让我格外珍惜它，进而珍惜它的果实，中秋都过罢了还是舍不得摘。木瓜果实的形状也好看，像《西游记》电视剧里"人参果"那样的大小和样子，从幼果开始就不像一般的果子，自花蒂上长出来就是长形，腰杆儿有曲线，肌肉丰满，特别是由青转黄时，在枝头上就像又一种独特的花在开放。完全成熟的木瓜，颜色金黄，皮肤鲜嫩透明有光亮。

我让它自由落地，尽可能多地享受它们在枝头上的样子。它落一颗我拾一颗，拿在手上闻它的香气。它满身都香，而尤以掉落时碰破的地方冒出来的香气最是扑鼻，一股一股地涌动、窜流，往空气中扩散。晚上听到几声扑通扑通的声响，早起推开屋门，院子里这儿滚一颗那儿滚一颗，又正好被晨光照着，身上泛起虹霓一般的细密光谱，而香气愈浓。我把落地的果实盛放在筐篮内，将筐篮抬高出头顶挂在晒衣服的搁秧上。秋天结束的时候，堆积的木瓜在篮子上现出一道隆起的金色弧线，它的香又从这里发出来，上下左右弥漫。

时间过了一段，某一日，我从二楼书房下到院里来，突然看到眼前空气里飘荡着许多尘埃，一小颗一小颗的，密密麻麻，满眼都是，但碰到脸上感觉又不是灰尘。伸出手，这些小分子似乎会主动避让；猛一回手，有的便粘到手上。靠近眼前细看，原来它们都是小飞虫，体积极小极小，但都是有模有样的。如果把知了缩小一百、二百倍，差不多可以和它们作一比。头上有两颗凸起的小明点，应该是一对眼睛，也可以看出两个翅膀。这个和知了的不相同，过于细、长，与它的体量太不成比例，大部分在身体之外空着，如柔弱少女长而透明的裙子。再往细处看，模糊不清，只勉强可以分辨出它们的腿、须等部位来。已经没有疑问，飘荡着的正是数以千万计的有活力的小生命。看眼前的情形，我甚至想，它们或许正在进行某个盛世狂欢之类的活动，有组织、有目的、有分工、有秩序。不信，你集中眼神瞄准一颗，它一会儿低，一会儿高，一会儿拐弯，与某某某碰着了，只一挨，又离开，猛一下向高处直飞，好像在落实刚才与同伴的什么约定。一颗一颗挨着看，每一颗都在自主表演，有的打转，有的乱飞，有的静止、悬浮。呵一口气，吹向密集处，无数小飞虫便成团成团地大距离迁移，这儿稀薄了那儿却密集了，稀薄或密集又影响着各自的周围，全局因一点变化而变化。我家院子成了一个活灵活现的生命场，或者是包容了无数星河的大宇宙。

原来它们都是从筐篮里的木瓜上生发出来的。从搁秧上摘下篮子，篮子周围顿时滚动起一个黑色云团，摆动篮子，云团就翻腾回旋。与此同时，每一只小飞虫都在向外挣脱，一会儿就在院子的高空形成一层稀薄的云。有一些仍然留在低处的已经很从容，没了惊慌，也没了狂欢，更不必逃跑或挣脱，它们悬浮在一个点上似乎静止不动。人眯起眼睛瞄准它看，像庄子说的那样顺着事物小的方向往里想，微观，再微观，超微观，在科学家们所命名的诸如分子、粒子、量子等物理层面上，一条深邃瑰丽的生命演化密道在眼前展开，每一级都绽放如花，每一层都是繁华的生命王国。人变幻一种形式走进去，踏入阡陌，徜徉于街市，在此界生命们的眼中，是不是也是一只小飞虫呢？

木瓜腐烂了，木瓜新生了。我仰头望着天空。

交叉与重叠

　　南墙与西墙相交的拐角，栽种了一棵青藤植物，叶子像红薯叶，蔓秧也和红薯的相似，长一截儿就生出一个抓地掌，紫色或红色，如细短铁丝编织成的一个小团，上面有毛茸茸的碎刺，磁铁一般抓在墙壁上，一条一条秧藤从根部出发，带着卵形的旗帜一样浓郁的叶片在两堵墙上攀援向上。但是，它这样一个生长的样子不完全符合人的意图。人不光要它向上长，还需要它向左右扩散。西墙比较短，或可不顾，南墙整个一堵，让这里遍布生机是人的主要理想，不仅要布绿，人想象着它应该还有活跃的腾飞一般的面貌。于是，人根据自己的意志在墙上选定几个穴位，在每个穴位楔入一枚铁钉，然后把一截四叉五股的树枝固定上去。树枝是死过很久的那种，是从发过洪水并早已干涸了的河床上捡回来的，颜色沉静如黑炭，除了地上的河流，时间的河流在它身上应该也冲刷过很久很久。它当初在树上生长时的架势、劲头儿，经与来自不同方向多种力量的抵抗已经被消耗削弱得所剩无几，但生命的各种记忆并未消散，自我的精神还留存在它的骨头上。现在人把自己的意志加在它身上，又将青藤牵过来往它身上固定，想让藤秧顺着树枝的结构往四处生长。青藤是活的，自我主张的力量也很强，它整个是要向上，是要去见太阳的，人每固定它一次，它就在这个地方打一个旋转，同时向周边长出一圈尖锐的嫩绿。在春天和夏天两个万物茂盛生长的季节里，这面墙壁便出现了青翠浓郁如龙蛇腾伏盘绕的一幅大图画，人立于墙下，能明显感觉到有好几股力量，青藤的，树枝的，以及它们各自从生命的来路上所携带过来的意志和本性，当然还有人加进去的力量，都在这青叶葳蕤的藤架下流布运行，它们抗拒又妥协，重叠而交叉。

这让人很无端地想起许多事物，想起一些舞台，想到各种表演，想起电视连续剧《红楼梦》，纷繁思维的触角最后落实在陈晓旭所扮演的林黛玉身上。这一个林黛玉她首先是陈晓旭，一个从鞍山话剧团通过摄制组考试而遴选过来的青春美女，她的家庭、她的脾气，特别是她竞选林黛玉前后的情感和思绪，是这个林黛玉的一个基本骨架。其次才能说这个林黛玉是曹雪芹创造出来的，曹公从距今三百多年的生活中摄取了某些女孩子的气质与形象，用毛笔蘸着墨水将这个人物写到纸上，为她取名定氏，赋予禀性。如今电视导演让陈晓旭来唤醒和复活她，陈晓旭与曹雪芹以及曹先生笔端后边所有的隐秘力量都汇聚而至，这个林黛玉的眼神、眉痕，一颦一笑，清高自傲，多愁善感，弱不禁风，等等等等，全部由多方位的意志和力量交叉生成。陈晓旭一方面是林黛玉，一方面是她自己；一方面是曹雪芹心目中的某些人，一方面又被导演支配着。而更多的她还要与剧中的贾宝玉、薛宝钗、史湘云、王熙凤、贾母、袭人、晴雯、贾政等角色发生关联，剧情中的关联又与俗世间演员之间的关联相交叉，每一个演员又都是多重自然和社会力量的重叠体。想想看，密匝繁杂的力量线一条条伸过来，一条条缠上去，忽弱忽强，忽明忽暗，着色着彩，表象之下交叉与被交叉，表演与被表演，会是怎样一个生动世界呢？

沸腾

一口浅底黑锅，坐在燃烧的火炉上。锅里的水开始是静止的，水静止时差不多无颜色，水和水底呈现着锅本身的黑色。只一小会儿，就发生变化，在锅底的某些地方出现了几颗白色颗粒，它们跳动着出现，以一传十，迅速增多，白花花的珍珠在跳跃，而且这一片儿和那一片儿在比赛在扩大在争抢地盘，满锅底"大珠小珠落玉盘"。这个过程中每一颗水粒都是生动分子，都在竭力表现，膨胀着自我也失去着自我，然后在锅底形成一层低伏的细浪。与此同时，在上部，水与铁锅相交接的边沿，也已经出现白点。白线，短细的白线，它们也在激动地跳跃，跳跃着相互碰撞和吸引，很快连接成一个规范的圆圈。这时候它们很美，完全就是一条纯白金项链，而且与锅底积雪般的水花形成一幅清晰而玄妙的构图。可是这图只出现一瞬就被改变，引发变化的是锅底圆心位置上突然卷起的一朵大浪花，它的形状就像一蓬怒放的真花，花蕊、花心、花瓣俱全，而且那花瓣一度薄厚不匀，一度透明雪亮，一度迎风招展，可惜它们很快也就没有了。因为一花引来百花放，整个锅底全部翻腾成了巨浪，如惊涛拍岸，如冰山雪堆。此时此刻，上边的"项链"已经变粗，像燃着的火鞭向下喷射白花，上下呼应，整个锅底四海翻腾云水怒，所有的水分子全部都大激动、大欢悦起来。

这个时候，才有闲暇来看锅下的火。火苗跳跃着绽放如花。人操纵火作用于水。问题是人心是粗糙的，考虑不到也没有能力考虑到在火的环节上火具体的工作状态。人像一个蹩脚的总司令派了一个尖刀班去杀敌人一般，他只是要一个杀的结果。而火实在是很不容易的，中间隔着一层铁，怎么掌握火候、怎么布局火力、最开始向哪一部分水发力，一小点一小点地拿捏分寸，中间一定需要繁复细密的思想。进一步想，火也是一个分子一个分子的，去和水交接，所有任务都是靠每一个具体的个体来完成的，就像人类战争中尖刀班里的每一名士兵。

水滚沸起来与不滚沸起来是不一样的，滚沸的水可以改变很多物质，可以改变很多物体。从地里刨出来的红薯是硬的，放进沸水里，一会儿就变成软的；一根玉米棒子从玉米秆上掰下来是生的，放进沸水里一会儿就变成熟的；一抔谷米，本来是一颗一颗的，放进沸水里，停一定时间就会变形，再停一定时间就会相互融为一锅粥；一只螃蟹，张牙舞爪的，放进沸水里，时间甚至不用煮熟米粒那么长，它就会变成餐桌上的食品。所有这些东西，如果延长时间再煮，水都会变成水蒸气，还原到空气和自然里去。我们欣赏锅中沸腾的状态，思考它沸腾的过程，感受它变化着的美，但有时候是不忍心往里边放东西的。

活着的力量

院内小竹林边长出一棵李树，有的地方叫李子树，单听口音容易和梨树混淆，两种树最主要的是果实的形状不一样。对我来说这"李"还有一段特殊记忆。少年时曾与戴着老花镜的祖父在乡下破旧的房屋内，一块翻看袁天罡、李淳风的《推背图》。书中预言明太祖朱元璋时所绘的图形是"李子树上挂拐尺"，木上加"拐"，寓意从那时往后七百年将有朱姓者得天下。从此李树这种树便深刻印在我生命记忆的底色上，并长时间地在心里摇曳着神秘着。

我家的这棵李，由于在竹子底下，有压力，要竞争，便长得飞快，干不粗，只往上长，细弱窈窕得有些不成比例，风刮来的时候。它与竹林一同摇晃，单从高度和粗细上看，它差不多就像一杆竹子。但是它很快就特异起来，在顶端的枝杈上开出一冠白花，细碎、朴素，又鲜丽清新。如果把院子南边部分看作一幅画，把竹子当作主体，那么这细干挑起的李花便是这画边上的一枚印章或题跋。可是美过之后却出现了问题，它青春的身体，精神旺盛，结出的果实特别大，一颗挨着一颗在树枝上累积成串，很快就把李树压弯下来。果实小时弯度小，实越大弯度越大，人心的承受力随着这弯度也在加重，终于有一天觉得需要帮助李树一把，毕竟它是一个特殊的生长。一个人拿不出方案，请朋约友，七嘴八舌，最后找来一根铁丝拴到它树冠下边，人从另外途径攀到高处，慢慢地拉住铁丝往上拽，把它固定住。如此，树干直起来，果实被举至半空。问题解决了，对它的注意力也减弱了。

这棵李子树再次进入人的视野，是又过了很长时间之后。其间不是说没有看到李树，应该说差不多每天都能看到它，但看到和进入视野是不一样的。这个视野应该是指人心，指心向它打开，是注意，即向它倾注心意。光看到，心未打开，很多时候是熟视无睹的，那个事物模糊在世界普通的颜色里。在这段时间里李树又高了许多。它也不再那样纤细，竹子中最粗的已经无法和它相比，树冠扑棱得很大，看上去大有和整个竹林平分秋色之势。变化是巨大的，可人心不曾留意，它便好像不存在。唤醒人心的是一个细节——当年那根铁丝长进了李树的躯体里。仰起头仔细观察，长进去是很久了，不是痕迹不明显，是一点痕迹也没有。现在，铁丝它反倒是像从树桩里长出来的两根细枝，它生着锈，脱落着黑色的碎屑，换一个角度看，也好像是树正在往肚里吃它、咽它。最开始树与金属相遇肯定会有排斥反应，怎样反应只有树知道。但有一点是肯定的，树是活的，这是树最大的底气；铁丝再硬，但它是死的。树在没了别的选择之后，就咬定它，消化它，难受和痛苦有时候是生长所必须经历的。活的，一天天增长；死的，一天天减少。相持一旦打破，胜利就势如破竹。认真观察树桩上的细节，甚至发现铁丝到最后是做了李树的养料的，铜铁锡铂金，自然元素，生物不可缺。为什么说是这样？因为从拴铁丝的这个地方向上，树干格外地粗出了一圈。现在，李花开时，果实成时，这棵李子树完全成了小院风景的中心。

第二辑

大年三十

一年里忙忙碌碌，在外边奔走红尘。大年三十，与二弟、三弟同车作故园行。

顺路先去二姨家。她家的村落在一条小河的臂弯里，春夏天该是杨柳掩映。时下深冬，村边满是树木张举、密布的经络图。过了红石板砌成的长桥，就进入了村里的中心大街。这里原来有高大的戏台、有卖烧饼的作坊，我的少年时代曾在此有声有色、有滋有味地绽放。现在面目全非，街巷村间，楼房林立，只有一尊石磙子还能唤回些昔日的真实风景。我几乎找不到通往二姨家的路径。这一切使人感到，历史原来就在我们的身边悄悄演变，不经意间黄土埋了一层又一层，街巷村间变了一片又一片。汴京古都、秦淮繁华，算算也就是几百年前的事。几百年，爷爷、老爷爷、老老爷爷……往前推几代不就是吗？可已深埋地下，不得而知，今人只有从一片瓦砾、半个陶罐上去辨读了。现实与历史本没有界限，掩埋历史的是现实的尘土，这种掩埋无时无处不在进行，只是现实中的人们心烦意乱，总也看不到这壮举的一些很明显又很细微的符号。

二姨家的街门❶已经变到了一个很深的旮旯里。黑漆大门关闭着，二弟高喊一声推门而入，二姨已从屋内出来走到院中。浅黑围裙，深蓝布衫，从她突出的前额上我立时看到了母亲的影子。彼此激动一番。因为时间紧迫，我们将礼物放于桌上就急着要走，二姨埋怨没能端端她家的碗。出屋门时，又见姨哥在写天地府对联。瘦瘦窄窄的红纸条静放在水缸旁的石几上，一杆毛笔很蓬乱，根本没有笔锋。姨哥拿着，有些滑稽，想不起"天高悬日月"的"悬"字怎么写，有意让我写又不好意思。我便主动索笔，在三张纸条上分别写下"天高悬日月""地厚载山河""天高地厚"。姨哥很满意，与二姨一起送我们出门上车。二姨四下望着，街上却没有人。看得出她很遗憾，没能让邻居们看到我们来看望她的情景。

第二站是舅父家。这个村名叫"石窝"。真的就有翻翻滚滚的石头群包围着村落。舅父家的门前有片蔡树林，小时候跟母亲来，常在林中用石头砸树疙瘩回家烧锅煮饭，林子好大，望不到边沿，有看林人来撵，就窜跑躲藏，显不了身，露不了脸。现在看来却只是一小片儿。人小时是平着看事物、仰着脸看事物，凡物都大，都高。人小心也小，一粒尘埃在幼童心里也被放大了。现在人高了，心杂了，一切事物都有了比较，相对地还原了世界的本来面目。还有舅父家房后的那片陡坡，印象中是很长、很高的，现在看简直就是平地。门前的那个石台，也是好高好大，外祖父身缠蓝布腰带常常站在台上远望。逢年过节，我和母亲从山坡下来到时，他总是捋着胡须有些得意地说：你们一出村我就看到了。现在想老人独立下望的情景，心中一定也涌动着嘴说不出的感情。如今石台还在，石上黑色苔藓爬布，外祖父却已在离台几十步远的地方安眠十余

---

❶ 街门：农村开在院墙上面临大街的门。

年了。

石台后是舅父新起的三处院落，一律的白墙蓝瓦，门楼高耸，门前阔地停着表弟的两部拖拉机。进舅家，只有舅母在。舅父在村办工厂值班看门，三表弟跑出去喊，一会儿就回来了，怀里揣着两袋点心。舅母问从何来，说是厂长给值班人两瓶罐头，让供奉财神爷的；他们供奠罢，又到销售点上用罐头换了糕点。大家听后都乐得笑。

从舅父家到我家的路上，有一所学校，是我上小学和初中的地方。现在新的学校已在别处建成，这里只能算作遗址。可我还是按捺不住激动的情怀，在路旁停下车。三弟陪我进入院中，整整二十年，面貌已非。操场还在，四周却没了当时常独自复习功课的树林。下去石台阶，是读初中时的教室，门子已无，屋顶有洞，讲台也少了角，煤火台还在。沿屋后小路走了几步，那两棵大杏树还长在岸边，未见老态，当年夏日中午常在此攀高爬低，少年的笑声、梦幻似仍挂在杏树梢头。树下是一条石板小路，被人脚磨得光溜可鉴。离树不远是一道深河沟。小路蜿蜒如蛇，从沟的这边下去，又从沟的那边露出头来，顺着地堰沟畔，伸向另一个的村落里⋯⋯

独立向北，历历少年风景俱在眼前。蓝天白云，荒荒野草，解不解一个痴心呆顽书生的心？

最后一件事是祭奠祖父坟茔。坟茔如今已无坟堆，只在岸上刻有一块红石碑，写着几丈远处是坟茔。整肃站立、深深鞠躬，燃放鞭炮，焚化纸钱，脑海里映现着一个孩童爬在一个老人怀里拽他尺长白须的情景。

会议风景

　　台下乱着，刚进来的人忙着找座位，给熟悉者摆手、点头。爱乱的，做鬼脸，大呼小叫；喜静的，笑笑，就算招呼。男的大咧咧落座；女的，先拽了衣衫后摆，拿纸擦了灰尘，再按下座板。宏华堂之中如风如潮，分不清具体言语，只听得各种声音的搅和合唱。台上却静着，红绿帷幔低垂，中间闪出两排座席，一律放着名牌，黄纸黑字，森然醒目。麦克风在第一排安着，如倒立的捣蒜锤，如孩儿的小拳头。此时席上无人，台下的就眯了眼，伸了手指，分辨那牌上的名姓、那名姓的官职，左右前后相邻还争得面红耳赤。嗡嗡之中，就见幕之一角闪动，出来个瘦瘦的人，战兢兢走近靠边的麦克风，用二拇指轻轻敲了，凑上嘴说些"某某单位没报到"之类的言语，举止很不张狂，眼也不横扫会场，说罢旋即闪入幕后。不一会儿，帷幕就大闪动，走出一溜人，皆光头油面、口阔鼻隆，头一律昂正，步一律虎步，惶惶然依名次落座，台下立时风止浪静，都瞪了眼看领导气色，看领导吸烟的姿势，看领导讲话时眼耳鼻舌的动作。稍后又起嗡嗡之声，看够了、说够了，有的就把目光移向台侧那会幕的一角上。

幕之一角，帷幔轻掩，半遮半露，偶尔有头脸闪动，有眼镜之光明灭。台下人就为那幕的一角神秘，猜测那军师、参谋们在干什么。其实，这角落是满会堂里的"世外桃源"，这里的人能看见台下，也能看清台上。对台下是大会组织者，是上级；对台上是服务者，是秘书。几把木椅散乱放置，谁坐了哪个就是哪个，没有严格的尊卑秩序；领导念着的讲话稿又多经过他们台灯下呕心沥血，哪里虚哪里实，哪里真哪里假，其曲径通幽、沙里含金、棉中藏针之处全明白，用不着像台下人那样乱猜测，费耳朵。吸烟了，彼此笑敬，互相点头；喝水了，服务员给领导倒罢，递了杯子随便喝。偶尔望一眼主席台，领导正给打手势，立时正了衣冠，碎步上前，弯下腰，低了头，让领导嘴风呵耳膜，轻颔首，微微笑，不亢不卑想仪表，自己的眼睛不敢瞧，心里清楚台下眼睛瞪大了。领导在正台上坐得久了，嫌拘谨，也到这一角里来踱踱步，大伙就站起来跟着走，随着他言东言西。平时千难万难的事，此时乘兴说了，领导拍拍你的肩膀，笑笑就算定了。

台下乱了，台上站了，一角上的人也都一律站起，像送领导上台那样迎领导"凯旋"。

大会散了，小会也散了。

凝固

本是一方菜圃，突然有一天有人拿了线绳在上面扯挂比画，又顺着线绳儿撒了石灰粉末，菜圃上便诞生了一个以白色为标志的规划，便演化起一方寄托着主人万千梦想的蓝图。紧接着有手脚运作，砖石交替，蓝天和丽日之下渐渐隆起了一座房屋的曲线。

框架有了，接下来就要用水泥填平补齐。水泥这种东西，取之于石，碎之为灰，水之为泥，使用起来先软而后硬。软时，有人随弯就曲，因势成形之缠绵；硬时，具石宁折不弯，坚强不移之固执。先软，成全了人们的随意性，方便了工匠之操作；后硬，可坚定一个设计，固定一个符号，为人竖起一堵心灵经历的里程碑。如此美物，操作起来更是妙趣横生。只见匠人拿水泥在地上堆了，又将碎石、细沙掺入，匀之于清水，快速搅拌和捣。顿时，灰堆变为黑色。一铲泥浆在手，如文人操笔墨，凹而垫，缺而补，孔而塞，上下翻转，左右逢源，既工笔细描，又泼墨写意。俄顷视之，满屋如地之平坦。初时还粗糙，便以手执"泥板"按之，使之瓷，力过处，即有丝丝水儿溢出，如汗之浸背，随即便见细腻光滑之状了。至入门处，只用手轻轻提捏，门便有坎，坎便有形，形之有棱有角，精巧美妙，全是心之想形。不由你不惊叹这石粉儿的神异，真正是可人如意，随心而生。

但是，偏偏这主家怪诞，七日之后，又有新的想法产生，硬是要在屋地上铺设一种有花鸟图案的彩砖。建设新的美丽就需要对原来的美丽实施破坏，岂知这破坏却是相当的不易了。世人常以为破坏容易建设难，于水泥而言，却是颠倒了这个规律。用镢掘之，用斧砍之，只能留下白茬茬。看那工匠笨手笨脚，满脸委屈作难之状，想起先前建设这地面时的潇洒、随意心态，心想，同是一物，在不同形态下竟这般性格迥异：其于软时，松散时，人可随心所欲施之；其于组合、凝固之后，就成了一个固定，又反过来限制人的灵活了。

房檐与墙角

最近处是厨房的前檐，紫色瓷砖贴面，窄窄长长，清清楚楚，像规规矩矩画上的一笔。向上稍移一点，则是厨房平顶上垒起的半墙。半墙的拐弯处斜侧过门楼上耸起的剪影。剪影旁边是另一座院落的后房檐，在视线里一下子拉出很长一笔。顺着这条线望过去，是一座楼巨大雄伟的山墙，把视野挡住了很大一部分。但是越过山墙往上往远处望，影影绰绰，交叠，是一座一座各色各样、各形各态的建筑物。即便不抬高视线，从山墙旁边的缝隙间平望过去，也是旮旯，纵横交织，满眼睛的线条形状。我常常这样独立院中，望空中，望四围，一次一次地惊异于这满世界的几何图形。我们原来就生活在这复杂的图形的很小很小的一点空间里。一座院落，一顶房下，一间屋内，一张床上。生命体内千般欲望、万种风情无论演绎出多少波澜，都被这图形和线条界定着。夏天的夜空，满天星斗，明明灭灭，有的看得清，有的看不清，有的干脆就是迷迷蒙蒙一片。小时候以为星光是夜晚独有的天灯，长大了才知道他们白天也存在，而且一个个都是有形有态、有质有量的实体，数量之多不计其数,渺渺星汉无穷无尽,难以想象他们之间的距离和关联。倒是日食、月食之类的天文景象能给我们一些确切的启示。彤彤红日运行中天,突然会被遮成一柄黑镜;朗朗明月正洒银辉,渐渐成为半勾镰刀。再有现代天文望远镜拍摄到的一些星际间生动的图景,或艳丽如花,或形态万千,或具体纤细,又使我们感到,远在天边,近在眼前,渺不可及而又亲切自然。

可是当我们收回目光,审视立足于此的一方宅院,又不能不生出更多的困惑来。在感叹"坐地日行八万里,巡天遥看一千河"之后,内心里生发出更多的疑问是"日暮乡关何处是?烟波江上使人愁"。

打开生命的窗口向外望,不知家居何乡。改变视线向生命内回望,我们又能看到什么呢?首先是母腹内的图景,应该又是一个大天地,应该又是一个小宇宙。鲜鲜鱼儿,绿水盈盈;云蒸霞蔚,气走神飞;鱼长一寸,水长一尺;千里长道,红墙血壁。再往前望,应该是一条大河和一座大山在交汇处的碰撞。惊涛拍岸,卷起千堆雪;万里狂潮,归于彩虹处。"我在小小船儿坐,只望见闪闪的星星蓝蓝的天"。再往前推一下目光,视野里出现的是这条河流和这座大山从远方逶迤而来的图景,山是怎样的盘绕腾挪,水是怎样的蜿蜒曲折;山的上边是如何的树木葱茏,莺飞草长;水的里边是如何的浪花朵朵,激湍回旋。山因为容纳万物而强壮,水由于汇集百草而灵异。只是到了这个时候,我们已经看不清这杂万物在生命上的具体形状和颜色了,甚至分不清哪一处从水上来,哪一处从山上来,哪一点产生于树梢,哪一点产生于花瓣,视野里是一片的苍茫了。

当这样望着,视觉疲倦了的时候,我又产生了一个想法。结合平时我们在生命活动中的一些实践,每一个人大概都有过的经验:我们不知缘由地喜欢某处风景、某种事物、某种花草，不知缘由地对某地某物生出"似曾相识"之感。另外，几乎是所有人对宇宙星空又都是那样的好奇和向往。现在可不可以说，这些地方都是我们的生命出发地，有兴趣处皆我乡？

塔

我本来是在看一场表演的，坐在一幢楼的二层上，眼前美面如花，金石绕梁。可是不知什么时候我的眼睛却移到了房子东边的窗口上。

透过玻璃，外边是一片已经建成或正在建设的楼群。说正在建设也只是指有些工程还没有完工而言，并没有多少劳动、建设的场面。倒是在一幢似乎已经建成了的楼顶上有两个劳动的人影，面目是辨不清的，劳动的姿势、手脚运作的轮廓，远远望去像是皮影戏。望得久了，又觉得很蹊跷，因为他们的动作就一直是那么几下，这吸引我认真地观察起来。原来他们是从楼下往上拽东西。应该有绳子，但距离远看不清楚。楼下应该有人负责安装，楼上也还该有其他人，但因为视线的角度问题看不到其他。特写在窗口的就那么两个人，是赤臂打膀的。一个人弯下腰去，两臂伸长，一上一下，交替伸缩，一团黑块提到与楼顶平时，另外一个人伸手搬运到旁边。叫人吃惊的是这劳动的姿势、动作完全是一次又一次的重复，下去时胳膊交替十六下，上来时胳膊交替十九下，整一个上午，这两个人就一直是这么几个动作，弯腰、伸臂、上来、下去，机械重复。虽然看不见其他劳动场面，但我能够想象得到，楼顶上的平面在一片片扩大，房墙在一层一层增高。重复、积累，积累、重复，由量到质，由质到量，看似不变的过程，事物正在其中发生着变化。

眼前是一座普通的小楼房。但是，多么高的楼不是这样一层一层起来的呢？多么繁复豪华的艺术不是这样一点一点、一寸一寸积累上去的？过去到寺庙瞻仰佛塔，对塔的造型常常是满心淤塞，不知其味。现在面对这劳动的场景，我心稍有通明。塔，从下到上，一层层不厌其烦。更有精美繁复者，方寸之间，造设无数，叫人眼花缭乱。原来这塔所呈现出来的信息密码就是耐心劳动、反复积累啊！积累至时，智慧生焉，大器成焉。

这样想来顺手写出一"慧"字端详，心头更是如有花开了！

火烧云

　　已经是晚上七点多钟了，从屋内走到院中，站在阳台上，不知怎么一抬头，突然看到满天彤红的彩霞，有些不知所措。很多年没看到天上的这种风景了。火焰一样的颜色，火焰一样的形状，只是它们好像正在广阔的草原上燃烧。要说是风吹火势熊熊燃烧的那一种，又不是。它们是一下子就燃成了这色、这状，然后就静止下来，安然不动。当然，火焰与火焰中间也有稀薄的地方，使整个天空显得更加诡异和迷幻。有些地方是暗红色、玫瑰色、暗黑色，甚至有个别云朵还完全是平时的乳白之色，只是它们的边沿上被四周的火红打上了光亮，像人站在野外篝火旁，脸的轮廓、身体的轮廓被照耀、被烘托时的情景。

　　不一会儿，东边天空出现变化，一片一片的红云像被有人整理了一样，互相入列，整队成形，成了一条一条的长绸缎，紧挨着，又分明是独立地横排在半个天空。用个蹩脚的比喻，有些像早年万人集会时，会场上人们一齐打出的巨幅标语。但绝对又是没法相比的，现在天上的要大得多，亮得多，辉煌千万倍。院子的西墙根长了一排很高的竹子，挡住了我向西望的视线，于是我就赶快往街上跑。还没到街上，刚到门口的胡同里，就望到了西边山顶上的红火焰。啊呀，那可真是叫人无话可说。山暗黑着，像一头静卧着的巨兽。在它的脊背上，云彩的"大火"交集着，叠加着，分明是在燃烧，却又静止着，看不到火舌或火焰的抖动，呈现出各种各样怪异的活的姿态，如现在年轻人表演的街舞之类，正扭曲的跳着、跃着，突然静止，把一个活的神情、动的举止固定下来给人看。

它们也变化，但不是一块一块地变，是整体的变。好像是有人拿着一个总开关，没有多大一会儿，他就按动了机关，云的色彩一次一次暗下来，但整个天空仍然是红云片片，彩色斑斓，辽阔奇美。此时，我激动紧张的心才稍微松弛下来，看到一位老妇人从街上买菜回来，老远就看着人家，想说话。老妇人可能觉得有些异常，主动先说话："吃饭了没有？"我上前一步，差不多就是拦着人家站了下来，问道："现在天上这样的云彩，是要有什么意思？"好像她刚从空中下来，管着天上的事情似的。老妇人略微仰头转圈儿望了望说："呵，霞了呀！这个你看吧，一会儿如果淹了，明天就是好天气；如果不淹，明日就要变成大阴天了。"经询问，得知"淹"指的是红云彩被黑云彩淹没。老妇人走开了，我想再到大街上去，到城市边上去，迎面来了一个小女孩骑着儿童自行车。她刚上罢钢琴辅导课，是一个正在读穿越小说的四年级学生，名字叫小鱼。我高兴地拦住她，顺着胡同向西指："小鱼，你看天上多好的云彩呀，快看看，几年都没有的。"小鱼扶着车把，侧身西望，快活地叫起来："火烧云，火烧云呀。"

大道在水

(一)

人类生存的基本条件是阳光、空气、水。阳光和空气对人是无时不需要、无处不存在的,这使人们反倒漠视或忽略了她的存在。尽管富有智慧和预见力的科学家们一次一次地皱着眉头十分忧虑地告诫人们要出问题了,但对大多数人而言,仍然麻木漠然,照样沐浴着阳光、呼吸着空气,一天天快乐地过下去。唯有对水,人类是有特殊认识的,这主要是因为生命与水之间存在着表面的相对的距离,特别是水不是随时随地都存在这种表现形式,很容易使人们看清她独立存在的价值和状态。早在人类的"童年",好多意识都还处在混沌未醒的时候,对水已经知道顶礼膜拜,已经知道择水而居。黄河文明,长江文明,地中海沿岸的文明,无不昭示出人类对水的智慧选择。太行山东麓,殷墟遗址向南五十公里的原始人洞穴遗址被称为"小南海文化"。现在是光岭秃山,粗裂干旱。但据郭沫若20世纪60年代的考察研究,这里原来是一片汪洋,人类洞穴恰好就建在海之西岸。遥想当时情状,一脉青山,千里水国,我们的祖先是多么甜美幸福。即便是到了现代,我国东南沿海的人口增长速度、稠密程度也不知要比西部高出多少倍。这几年里，我曾经多次在太行山连绵起伏的群峰间游转，发现在海拔千米的山上散落着三户一铺、五户一庄的村落，当然现在都是人去房空。由于人迹罕至的原因，这些民居大都保持着主人迁徙前的形貌。门框上还有褪了色的"福"字和春联，石碾上好像刚刚扫下米面。空洞的屋内，土炕依然，墙上多有小儿用木炭涂画的鸡、鸟、人物。每遇于此，我总是停下脚步，为人类顽强的生命力和生命无处不在的美好而感动万分，同时为当时的人们如何用水而着急。等房前屋后转几圈之后，却总会找到水源所在。这些水一般都很少、很小。有的是脸盆大小的一汪，有的是山崖里滴滴答答的一缕。这真是几户人家的生命之水。昔日逃荒的人们担儿挑女，从山下上来，落脚定居的第一根据肯定就是水了。

沿水而居，应水而生，表现出人类在自然面前的依赖和驯顺。但是当人口增多，生产发达，水不能够由人任意选择的时候，人类也表现出了十分可贵的与自然的抗争精神。红旗渠就是这种杰出抗争的胜利成果，是生命向自然求自由的壮丽颂歌。

"红旗渠"，这是后来贴上去的名字，原来什么都不叫，就事说事，就叫"引漳入林"，一个响亮有力的动词。当我现在以回顾、总结的角度全部了解了红旗渠的修建过程之后，真感到我不济的笔端难以承载得起这个看上去很普通的词汇。"引"字从字形或意会上理解，本来是张弓发箭、拉弦而射的意思。在这里，它的内容却要沉重丰富得多。简而言之，就是要把太行山西麓的漳河水，"牵引"到太行山东麓的河南林县来。其间要削平1250座山头，穿越211个隧洞，架设152座渡槽。其中有80公里长的距离在太行山海拔千米高的半山腰上作业。这个"引"字的主语是劳动人民的一双手（参加过修渠劳动的人达到30余万），时间是20世纪60年代，时代背景是大炼钢铁过后的三年困难时期，所用的工具是钢钎和铁锤，最先进的生产工具是祖宗发明、由修渠人自制的土炸药。当其之时，修渠成为这个县与所有人都有联系的社会问题；"上渠"成为父子、母女、夫妻之间使用最多的词语。成千上万的人聚集在一起，无论干点什么，都是多么大的一股力量啊！可是到了太行山里，在自然面前，这又能算得了什么呢？最恰当的比喻就是"蚂蚁啃骨头"。一个个血肉之躯，一双双百折不屈的手臂，向着上帝造物时就造成了这样的太行红岩撞击、撞击、再撞击，表现出人在自然力量面前的主动出击和有效作为。

有一句话叫"人定胜天"。虽然一度很流行，但它不适用于红旗渠工程。红旗渠工程是人类运用主观的聪明智慧，在自然规律的边沿上与上帝打了一个擦边球，是在上帝允许但条件十分苛刻的情况下完成的一个壮举。首先是漳河里有水的存在。如果自然界不提供这个前提，一切都无从谈起。虽然距离遥远，石头坚硬，但上游与下游有自然落差存在，渠道挖一点总会低一点。从困难大这方面说，修渠似乎不可能，但有了大前提和基本判断，只要去干，就有胜利的可能。在主观和客观的尖锐对立和巨大矛盾中，人类能够自我作主、拿得出手的对策就是自我奋斗，用血肉之躯去弥补这中间的巨大空当。

十年苦斗，渠道在劳动者的手下诞生。水像一个活泼的顽童，被"牵引"着从漳河老家来到原本缺水的她的第二故乡。从此，太行山东麓的这片山地、这方生灵便更多地受起水的抚慰、水的滋润了。大渠如龙、如干，小渠如蛇、如线，群山环绕之间，村舍相望之中，流泉飞玉，清水潺潺；房前屋后，男耕女织，临水浣衣，击波嬉戏。就连田地的格局也因为渠道的纵横交错而成了"井田制"。除了直接灌溉田亩之外，渠水的更大作用在于滋润人的灵性，陶冶人的精神，山文明与水文明在这里交融渗透。有了渠以后再生下来的人，从记事起，就以为是屋后就有渠、门前就流水。我国传统文化中有"风水"一说，我理解就是指山河流转之态，气脉聚散之势对人直接或间接所发生的影响。对这方山地的生灵而言，渠的诞生，水的到来，肯定是生命进化中的重大事件。

作为一个重大工程，红旗渠已经屹立在太行山上，中国地图为此又多了一条代表水的绿线。但是，对"引漳入林"这样一个巨大动作的结果，名之为"渠"，我总觉得束缚了她应有的内涵和外延。字典上对"渠"的解释为"人工开凿的水道"，似乎对于红旗渠倒也贴切。可从感情上来言，我总觉得概括不了她的生动、她的活泼，她蕴含着的撼天动地的声音、色彩和形状。对于水的载体有多种称谓，江、河、湖、海、井、库、池、塘，其中哪一个更适合红旗渠呢？隋朝时的京杭大运河，也是人工开凿的水道，被冠以"大河"，它与红旗渠相比，所优者长也、大也。若论艰巨，自当逊色。彼在平地，且为倾半国之力的国家工程；此在山上，只是一县人民所为。但是现在真要把红旗渠再叫作"河"，也觉得不妥帖了。退而思之，又感欣慰。渠则渠矣，她理所应当占据"渠"中的领袖地位。渠之首，渠之旗帜！

（二）

现在回过身来，昂首仰望太行山腰人类用自己的双手建造起来的这个"自然"，人类自己都感到有点不可思议。她是人在激动中的一次创造，创造过后连创造她的人都怀疑起自己来。这就好比画家创作完一部作品、作家写完一篇文章，或美轮美奂，或气吞山河，那象外之色，那神来之句，怎么会从自己的笔端流出？平静下来回忆铭刻在我们心灵上的一幕幕印记，这奇迹确实是人类自己创造的。越平静，人类越认识了红旗渠的伟大，也印证了人类在自然面前的价值和力量。于是，她作为一种独立存在和精神被人们高高地举在头顶，以各种形式传遍四面八方。

太行山麓，晋、冀、豫三省的交界地的这个偏僻角落被作为"红旗渠"的故乡而名扬天下。

作为工程，红旗渠是物质的、实体的；作为精神，她又是博大和抽象的。领袖和文化巨子们的光临，使她更加风华勃发。现在她已经成为一处旅游胜地，每日有成千上万不同民族、不同肤色的人来到她的跟前，平静心灵，启迪智慧，思考生命在自然中的状态和分量。水道、隧洞、桥涵，连同渠周围的植物、山崖，一并涂上红旗渠的神秘色彩，成为极其宝贵的旅游资源。当年修渠人食宿的山崖，被名之曰"神工铺"。"青年洞"上边有一处奇特的山体自然造型，坚硬的山崖在此处一层一层地均匀分布，层层相叠相压，而且越往上越大，越向下越小，每个层次上还都伸一块出来，人在下边上望，看似累累若悬，实则坚固一体，千年不倒。这地方也被起了名号，叫"群龟驮山"。渠边有一处方不过五尺的洞穴，长出了一棵小椿树，本是平凡之物，也钉上了"虎口椿"的小牌子。

不仅红旗渠本身成了旅游产品，而且它的名字也成了工业产品的著名品牌。郭沫若的"红旗渠"那三个字，随着各种产品普及到长城内外、大河上下的都市和乡村，烟酒服装，铁路配件，糖果玩具等产品带来红旗渠的信息在滚滚商潮中奔腾澎湃。无论怎么宣传，怎么炒作，你都不会承载不住。千里石砌的渠岸，千里巍峨的太行，方圆数百里受恩受泽的土地，是你谁也夺不走的底牌！

（三）

沧海桑田，千年万年。即便无数岁月后的某一天，红旗渠失去运送水的功能，她仍然是一个伟大所在，雄风不减，光照四方。那时渠岸的石头可能会苔藓斑驳，颜色与自然山色混为一色，树木掩映辨不清渠线的走向，作为人类向自然抗争的记录，作为一种精神的载体，红旗渠必然会成为世界上最伟大的文物古迹之一。那时早已是电子甚或其他叫不上名字的新的科学时代，人类的生产方式、生活方式都发生了质的变化和飞跃，人们或许会因为破译这个工程的陈迹而大伤脑筋，因为他们的思维容器里没有这种信息和程序，就像我们现在破译不了金字塔的建筑一样——实际上已经不是一个时空，不是一套思维推理系统。人们看到山崖上模糊的毛泽东主席语录："人民，只有人民才是创造世界历史的动力"等遗迹，说不准会产生出怎样的思想成果。现在渠岸上隔一段竖着的一块"界石"，上边标志着某公社某大队修，也许到那时人们会据此考察这个时候人群的组织和管理形式；渠墙石头上一锤一钎的痕迹可能会让人考察这时金属的韧性和软硬度；根据渠岸上的"工"字缝，会考察我们时代的美学走向。那时，中国的考古学家一定还会列出一个人类重要活动遗址存在系表：长城、都江堰、红旗渠、三峡工程、卫星发射基地、克隆技术实验室……而红旗渠，作为人类在自然面前的一个突出表现，作为人类在某个阶段的能量标志，其气象，其风范，时间越长，会越抽象、越神秘，最终成为一种永恒的精神，复归于博大渺茫的自然之中，复归于天地运行的大道之内……

一条山河

我说的是一条河。他生长在山里边,活动在山里边,一生一世与山打交道。当然,由于他的发展壮大,他在山外边的许多地方也都造成了很大的影响,成为北方山地里的"一个高人"。我与他相遇、相识、相知,现在成为亲密的朋友。他整日整日地占据我的心灵,在我的周身奔流不息。

第一次见到他时,我年龄还很小,感到惊讶、好奇、好玩。只记得,突然来到一峡谷内,上边是窄窄的一线天,下边是窄窄的一道沟,水在沟底流。向西望,沟谷很长,流水很长,像一个长长的走廊,望不到尽头。向东望,也看不到出口,只是沟底有些渐渐倾斜,流水越来越快,越来越急。顺着他走了一段,原来不远就是出山口。水在出山的时候非常生动,斜冲跌宕一百多米,在斜石坡上像一条白练,似乎是一刻也不停留,一点也不犹豫,全力冲刺,急急地抖动,浪花喷溅出各种形状。站到斜坡的崖头上向下望,水冲下去就到了一个水潭里,完全从容平和下来,在这个潭里歇息周游一下,才溢出去,顺着豁口流出山外。

再回过头来看这条沟,上边的一线天原来是没有的,最初应该都是彻头彻尾的、满满当当的石山。某时某刻某一刹那，水在这山顶石体上落脚生根开花，一点一点、一线一线，一层一层向下渗透、冲刷，可能会多次变换地点，一旦固定了，余下来的就是时间问题，好在没有人规定时间，没有人要求赶工期，什么时间搞成什么样子都是造化之功，都在自然的包含之中。你现在可以从上到下仔细观看，不用费力就会发现水在无穷无尽的时间里十分具体的劳动痕迹。用力很大，因为石头太坚硬，战线又很长；用力很均匀，因为一层一层刷下来的石头上的痕迹很整齐；用力也很细，并不是一刀切。因为我们看到，在整体均匀的石痕上，有个别地方打了一些盘旋，水当时一定遇到了特别情况，用力方向、用力时间和力的度量上肯定做了调整，用了心思。你看，眼前一层层下来，一层一层下去，直直地凿通了一线天。现在水在沟底流，人们只看到他柔软、温和、美丽、俏皮，什么都无所谓似的，实际上水从上到下的这种劳动仍在进行。这里仍然是一个"工地"，仍然在为后人创造我们未知的奇迹。有些事，水是捎带着干的，比如"主体工程"之外，在沟谷两边的山体上随便涂抹了一些图画，随便留住了一些生命的种子，随便在这里塌出一洞。世人惊讶异常，水和山只是微笑。

和他相识之后，我几年内多次扑向他的怀抱。水确实特别地眷恋我。我站立的地方，水流似乎就特殊地跳跃一下，不该出浪花的时候平白就突出一簇水团、水花。这你可能觉得不可思议，但有一次是确切的，就在那个水潭边，三条硕大的红鱼平平白白地跃起来，向着飞奔下来的水流冲刺、跳跃，摔在水流边的石坡上，滑下去又上来，一次又一次，让人看得眼泪汪汪。水的意志和感情是明放在那儿的，我们不能怀疑。

后来，我拐下山头，来到水出谷、出山的地方。在这里水有了一个比较宽阔的河床，河床上巨石排列，水从它们身上和身边流过。或清澈见底，鱼儿游荡；或激起浪花，浅吟低唱；或掬成一线，委婉盘绕。山洪暴发的时候，这一切都不存在了，水也顾不得其他了，坚定的意志和疯狂的力量在河床上表现。随着季节的变化，水小下来恢复了温和的容貌。

这几年由于整个地球变化的原因，发洪水的时候已经很少。水流愈往下愈小，最多不超过十公里，差不多就完全是干河床了。一片干石头，一片白沙子。即便到了这个时候，水仍然在行动，大多是潜藏到了地下，偶尔在某处显出一汪浅水，偶尔从某块石头下流一股出来，有时甚至只是显出些潮湿，让某一片儿沙子突然湿湿的。这湿湿的一小片儿周围往往就长出一些芦苇之类，引得人来打坐、飞鸟来栖。我们的水在这种环境中也有一个大作为：利用一个跌差的横断面，在下边用心造了一个神秘的水洞，上边是干的，下边是干的，水洞却一年四季绿水汪汪，水面不升不降，露在外边的水面像一个月牙形。向山崖下的洞内平视，幽暗深邃。人们用几根竹竿接起来向里边探，几用其功，未达其境；用绳子坠上石头向下探，续了几次绳探不到底——不是探不到，是到一定时候就探不下去了。有时候被卡住，绳子软下来，以为到底了，不知怎么一动弹，绳子又直起来，始终确切不下来。水底可能是套中套、潭中潭。河边上的人们把那里叫作龙潭，越来越敬畏，特别是有村民早晨路过此处，看见从水中浮上一只簸箕般的白龟，而且大龟身上还驮着一只小龟。一时神秘莫测，传遍四方。我在此处盘桓半日，以为水是从这里钻入地下了。从表层上看，地势渐次平缓，树木乱石交错，河流应是止于此处了。但是，没有多久就证明这个结论下得太早。

那一日，我登上太行山顶，从南到北挨着观看山下盆地上的风景，田地、道路、房屋、山形、地脉、水势，此时都清晰如画、一目了然。我看到这条河流向东去竟然还有越来越宽的河床。是的，在龙潭那里似乎是断绝了，但是，你把眼界放宽些，再宽些，就会看到河流曾经奔涌时在两边水岸上留下的痕迹，幅度很宽，那些建造其上的村舍田地只是河床里的一些物件摆设。人们没有感到河流的存在，只能说明水离开河床的时间太久了。河床是水的舞台，而且水在上边有过波澜壮阔、惊涛拍岸的表演。河床是水的卧床，水在上边曾经鼾声如雷。水离开了，很长时间没有回来，不能说这就不是水的家园了。顺着这些痕迹向东望，在苍茫中一一辨认，这条河向东走得很远，在有些地方依稀可以看到一些桥或桥墩的遗存。当年桥横两岸，水涌波澜，是何等情形。这应该是人们无意中为他留下的记号。只是后人为了当世的生存，渐渐把他忘却了。看那河床拐弯的地方，山脉折断，地势变形，窝了一个幅员辽阔的半圆又拉直了向东去。水和所有障碍物之间的关系是不容商量的，他用漫长的时间否定了一切，使自己浩荡东流。

水什么时候回到家里来，就像一个小孩儿不知道父亲什么时候回家也无处问寻一样。我们只能盲目等待。但是，在我的心里，这条河流，完整的河流已经浩浩荡荡地流动起来，他发端于太行之腹，奔涌在层峦叠嶂间，流荡在平野阔地。魂魄归来，风雷起兮，昂首一奋，巨龙腾兮！

思玄

一个人，诞生出来，从自然中演化成如此生命形态，要经历多少事啊。我在山脚下的院中独坐，心闲身轻，突然想到一个"三过"的概念——过手，过眼，过心。亲自经手的事物，未经手而亲眼看到的事物，也未经手也未看到但从心里想到过的或经过心的事物。当然，这三者相互之间的关系是复杂的、多结构的综合体。比如过手、过眼的肯定也都过过心。一个小人儿，小是小了点，微不足道，可实际上他又是无限大的，一刻也没离开过大自然，一刻也没有游离出万物之群林。万物经心如万箭穿心，这个穿心没有别意，应是与万物彼此透明、互为一体。

具体到一个人，可能迷蒙着，以为自己就是个自己，独立于天地，独立于万物，独立于他人。甚至以为自己是唯一的、特殊的。实际上我们与万物始终是混合的，包括所谓生死之别、有无之别、明暗之别，所有都是搅和在一块的，没有线性的结构，没有边界的切割线，活动的、变化着的无边无际的自然之状态。每一个都是一个，又同时不是一个。我是你，你是我，彼此同源，甚至同体。

太阳，月亮，星辰，风雨雷电，还有土壤和水，等等，也和我们在一起，但它们同时又特别于我们。这种特殊仅仅在于它们除了自身之外，还兼管和影响了很多很多的事物。为什么说它们和我们在一起？这主要是说它们和我们一样，都同样是自然的造物。在无边的自然结构里，它们又受着其他事物的影响和支配。这种影响并不神秘，渺小到我们一个平凡的人，或多或少不是都在影响和支配着一些事物吗？在这个无边的大环境里，我们都有同一性，又有特殊性，但都是自然的子女。

自然赋予我们的属性，和后天其他事物对我们产生的影响，使我们每一个人有了性别，有了情感，有了欲望，有了千差万别的禀赋，形状、颜色、趋势、态度、强硬、明暗等都有了不同。生命的大花园中，热闹非凡，气象万千。有时候，某些个性化的东西在我们身上夸张地疯长，以至于遮蔽了生命体上不应该遮蔽的地方，便使我们整个狂妄地扭曲起来，勃发起来，自以为是在生长，实际上十分滑稽可笑，在周边的事物眼里可笑。

人世间的形态，应该是自然最得意的杰作之一，至少是他用了心思的试验田。他在人的身上设置了许多密码，其中两个起着决定的作用。一个密码是人类的求知探索欲，使人永远想知道不知道的事物，永远喜新厌旧，对未知永远充满好奇。人类处在浩瀚宇宙的某个角落，相对于茫茫河汉，人类是多么孤独可怜。但是自然设置的这个密码，就改变了人类的心灵处境，使他们永远在那里跳来跳去，展脚伸手，想要寻找生命的兄弟姐妹和未知中的某一类知己。再一个密码是情欲，雌雄，男女，异性相吸，而且这种相吸会产生循环不已的后续效应，繁衍出一代一代的人类生命，使生命的海洋波涛汹涌，充满生机。

当然，人类是有难处的。人群越来越大，人心越来越杂。征服欲、占有欲、自爱欲，在人精神的土壤里疯狂生长。人们相互热爱又互相排斥，相互占有又相互摧残，需要相互的拥戴和欣赏又往往把对方作为侵略和占有的对象，把这对象作为让人欣赏的资本和条件。人心的表层越来越僵硬，人心的内壁越来越脆弱。人心被一层虚伪的外壳笼罩着，越来越严实，也越来越不堪一击。这层外壳经常以一张表情模糊的脸示人，走过人群，穿越人世间繁华和冷漠的各种场合。脸庞如舞台，眼睛、鼻子、嘴巴、耳朵等都是演员，眼泪、表情、声音等都是舞台效果。这壳里包裹的心是一个负责任的总导演。人与人各自以脸、以表情展示着、对抗着、欣赏着。改变这演出的是导演，改变导演的是世事人情。正风华绝代、浓艳热烈、权贵尊荣的时候，突然吹来一点风，便弄皱"一池春水"，心宅坍塌，表情萎缩，收住了一台戏。心，这个穴位，确有神秘处，此处有一点亢奋，又会激活全身，如兵之神速，如电子键盘，无限涟漪散开去，那外在的脸上又会是一台生动的戏。让心苦乐的条件无迹可寻、无键可握。人心之大，与宇宙似；人心之小，与芥米同。一河水之注，不足以起波澜；一黄叶飘落，能让其现奔腾。

  时近中午，日在南天，脱尽了叶子的杏树枝干在背阳的南墙上投出了形影，暗淡的，清晰又模糊的，如梅枝灯影或月影，使本来就在阴处的墙壁梦幻般的迷离起来。隔空寻觅，这影竟是北窗玻璃上的阳光反射所致。太阳在此拐了个弯，向南发光，为杏树造影，这影会再次拐弯，向北折射，过物滤影，无数散射，反复演化，成就肉眼难以看到而又确实存在的一个阳光结构。人世间的事物此与彼之间，我与你之间，万千存在之间，能有多少这样的投影呢？光明中有黑暗，黑暗中有光明，明暗相伴，渐次转换，波光流影，无数变迁。尘光之下，人眼所能捕者，不及九牛之一毛呀。我们的未知世界，我们认识事物时的某些迷惑，许多可由此解。

  抬起头，将脸凌空，感觉不到一丝风，树叶也不动，连最敏感的竹子也没有动静。天空中的白云稳定着，如棉花絮团在一起。房顶上的炊烟直如箭杆。一池浅水如镜，不起半点波纹。如果再找，还会有更多的证据表明空中没风。但是，真的没风吗？风，绝对以另一种形态存在着。它甚至毫不隐藏，就在我们身体的四周，甚至我们的身体上存在着，包括我们为了证明它不在而寻找证据的那些地方，应该都始终与风俱在。它是散落的，还是连成一体的？如果是散乱的，它们集合时又是如何互通信息，召集到一起呢？如果是连成一体的，那么此处和彼处尤其是隔山隔水之间，它们是如何实现连体呢？我觉得风这种东西的神秘莫测和伟大力量，仅次于科学家正在探索捕捉的宇宙间的"暗物质"，它显形时，无遮无挡、无边无际，欲疾则疾，欲缓则缓，有时旋转反复而不进，有时隔空降落如席卷，观其表现，似有万千手臂。但风本身的具体形貌又从不面世。它遇山是山，遇水是水，遇草木则草木，遇人体则人形。从缝隙走，穿窗牖过，在海上起飙风，于空中卷云飞。风温情起来时，它触摸到的所有物体都变成了琴弦，发出人类难以模拟的极美之乐。风欲摧毁一个物体时，那形状和声音只有雷霆和闪电可以相比。它成全着很多事物，同时破坏着很多事物。这破坏是更高意义上的成全。它什么时候来，从什么地方来，我们不知道。它什么时候走，到什么地方去，我们也不知道。对于风，人类能够做到的，就是永远重视它的存在，在我们的任何行为中，永远想到风，想到——风从没有远离。

攀喧堂记

　　一人说话，两个人说话，三个人说话，众多人一起说话；一个话题，两个话题，若干话题，捭阖纵横，旁征博引，云来雾去，议论风生；研学道理，传播知识，描绘世相，抒放怀抱。一句话，突飞猛进，"晴空一鹤排云上"；众人言，百鸟朝凤，"大珠小珠落玉盘"。当此之时，有宏论滔滔者，有左顾右盼者，有静心思考者，有激情附和者，有笑意盈盈、会心欣赏者，有娓娓道来、语气轻而意思坚定者，有鼓掌击节高声喧哗者，有言辞热烈、针锋相对不服输赢者。奕奕神采，巍巍四座，一时成思想之疆场、语言之盛宴、人生经验之课堂。亟待风平浪静，参与诸君往往相见恨晚，相知愈深，成为密友、知己，成为创业伙伴，成为彼此人生与事业的欣赏者。天高海阔，江山万里，思想与语言的成果如春华秋实之画卷，展开在生命与时代的广阔天地间。

　　此般场景，因地域因情况不同而称谓各不相同，有谓沙龙者，有谓聊天者，有谓侃大山者，有谓论坛者，有谓雅集者。而在林州，在民间则称其为攀喧。攀，攀登，相互激越，争锋呈彩之象；喧，喧哗，状其声色，言其热烈也。我认为这个称谓最是美妙，达其意、传其神也。

公元2023年夏日，凤宝澜庭实业主事李静敏，于林州城西北隅置"攀喧堂"，我与安阳布衣、颜涛、才生、学友、扶风、咏梅、红瘦、谷语及林州国声、晓河、瑞芳诸友欣聚于此，凭栏西望，见太行横列如屏，奇峰奔驰似瑞兽，山脊线隐约连绵像游龙，与天光云霞相和谐。感慨作"攀喧堂记"。

无名山沟的早春

立春过后，雨水还没有到来，可是就在这几天中有个大事件——过年。过年是人的重要社会生活，人们在无比地忙碌着，全然没有关注自然中正在发生的变化。我与朋友做个例外，某一日突然从尘世中抽出，踏进了隆虑山❶中一条不被人重视的山沟。说不被重视，主要是指还没有被商家圈占，还没有开发成旅游区，甚至还没有固定成形的像样的路径，荒芜着，杂乱着，真实地袒露着。我的双脚踏在一块大石头旁边，马上感到地面的弹力，冬季冻结的土地已经酥软，像踩着一片细密的弹簧，均匀地、温和地对我的身体发力。向里边走，地面更软，应该是刚刚融化过雪或冰，明明是黄褐色的土地，却脚不沾泥，轻松走过，只是感觉到软，真是舒服极了。

随意一望，干草林梢之间，竟有一泓明水，像不规则的镜子，闪烁着光亮，仓促之间使人如远眺一位美女。斜冲着往她的跟前走，进入一片乱石之间，石头应是洪水暴发时从别处冲过来的，都保留着奔走流动的姿态，这个压那个，那个垫这个。形状、大小各不相同的石头在时间

---

❶ 隆虑山，今林虑山的古名，位于河南省林县西。

的作用下，十分合理地搭在一起。手按在石头上，冰冷是冰冷，可已经不是冬天时的感觉，在手心上有一些清凉，如鼻孔呼吸到的某一缕沁人心脾的空气，凉丝丝的，让人愿意拿手反复在石头上拍，在感觉里这石头竟像是暄的一样，不顶手，无碰撞，越拍越舒服。每一块石头上的纹络、图案、仿佛都变活了一样，光洁清晰，如图如画，每一块都仿佛是第一次出现，每一块都是新的。可它们确实又都是旧的。岂止是旧呀，哪一块，哪怕是一粒鹅卵石，它们谁不是千年万年、百万年的陈旧之物呢？也不能说死，时间长也不一定绝对是旧的，在宇宙间的事物里，我们人懂得多少呢？！石头或许也有生命，在它们的逻辑里或许才刚刚诞生，它们会说话，有表情，只是说一次话要用万年为单位来完成。人毕其一身都无法看到它讲一句话、开合一次嘴唇的完整情形。

玄想着在石头间走，渐渐听到滴滴答答的流水声。水从石头底部与沙石接壤的地方生出，往往先看到一片潮湿的沙土，而后是一捧清水，而后漫流、聚集、扩大，形成流动的形势，趋向更低处，在拥挤的石头间形成水线、水滴、水柱，在地势的更下一级聚成较大的水潭，在水潭的边沿涌流向下，形成跌落，造成一道、数道白花花的水帘。

整个冬季是枯寂的，山里万事万物的表情都裹在冰雪的棉被底下。现在解放了。虽然是刚刚解放，但已经是本质的不同，冰雪被从更深的地下而来的阳气、暖气所逼迫，不容分说，无须讨论地统统离开现场，山中从根本上换了主宰者。水只是一个序曲，但就像人间的演唱会，有时序曲和压轴曲一样重要。水，看似还小，但它们自己知道自己的底气，更知道自己的未来，知道在接下来的季节里它们会风光、重要到何种程度。所以，一上来它们就都从容自信，在石头间吹乱弹奏。那石头呢？就像鼓掌时的另一只手掌，与水作着欢喜的呼应。水之过处，或起银线，或溅玉珠。水从石上漫过，石上往年的苔藓类植物一律复活，如漂染的秀发，细细腻腻地在透明的水镜里舞蹈。水潭里已经有鱼，如指般的，更细小的，成群结队的倏忽窜游，停止时几近于无，窜动时仿佛有大事催促，惊魂不定的样子。让人不禁纳闷，水出现才有几日，这像模像样的鱼从何而来呢？漫长冬季它们容身何处？难道它们只是存放在石头或沙滩里的某种菌吗？水一来它们就能复活变身为鱼吗？那也不能这么快速呀！真是一个谜。

似乎是为了追问这个谜，我拿起一根木棒，在水面上划动，水面顿时翻起一道水棱。划一下，起一下；再划一下，再起一下。这厢一下，那厢一下，整个水潭便被搅乱了，水面波纹凌乱，摇摆不定。此时我不由得产生一种怪异心理，想这水潭是喜欢乱的，反正非乱不可，倒不如早乱，倒不如由人类来发起其乱。在往年，或许要再等一段时间，等下一个节气雨水，或之后的好多个节气过后，上游水流大了的时候，才会打破平静，才会欢乱起来。今年，人来了，我来了，它的乱便提前了。掬一捧水到手里，让它从指缝间滴落，观看我映照在水里的身段和面影，人和自然间许多想不清楚的问题涌上心头。

初春里山间神秘的事情很多。就在这个远望中像美女一样的水潭边，北岸向阳处，有一片干细沙，炕席大小的面积，粗看像一筐箩刚碾下来的小米，只是色彩不是黄的。沙面均匀地分布着若干个小坑，每个小坑有酒盅那么大，且呈现着细沙螺旋形向下滑漏的痕迹，所构成的图案，精细得极像人手指肚上的纹络。小坑与小坑之间，有某种小爬虫来回爬行的痕迹，说小爬虫只是一个笼统的猜测，也可能是蛹从地下爬出变成了飞蛾，也可能是其他，但肯定是当下季节里有关生命的复杂行为。它的新鲜程度足以证明此种行动当前仍在进行中，看不到任何活物，可能正是人的突然造访打乱了它们的行动。我想如果用摄像机原封不动照下来，和人类某个古老文明遗迹的录像放到一起，会是怎样一个惊心动魄的效果？

离开水潭向回走，路过一片芦苇，看环境应该是人为的，可是又没人收割，从去年长到现在，干黄地纷乱成一片。我说："这没家儿了吧？"同行的朋友笑了一声道："没家儿？那是没用，有用就有家儿了！"话音未落，芦苇丛中传出鸟鸣声，两只鸟一声接一声对鸣，声声优美婉转。我说："有家儿了，有家儿了，被鸟占下了！"走不多步，有十多只鸟从远方飞来，黄腹白尾，长颈，在天空划过一道彩影。回头望，见它们一只一只都落进了芦苇中，那里顿时鸟鸣一片，如美文朗诵。

遗落在地底下的花生

这好像是一块废地，人为耕作的痕迹很不明显，整个地皮干瘪着。可是又不像完全被废弃，真正无人经管的野地不会是这个样子。紧挨这块地向东，有一大片地方一看就是野地，能想到这里在春天、夏天，乃至秋天，甚至深秋的时候，蓬勃兴盛、繁茂浓郁的野草野花疯狂生长的景象。眼下是初冬，每天的气温忽高忽低，大自然内部的一些元素正在进行拉锯，相互激进或妥协。每年差不多都要有几天这样复杂的不稳定的天气，然后真正的冬季才会来临。我看到的这片野地望不到边的枯黑了的各种草木，仍然保持着很大的集体规模，相互拥挤着站立在一起。它们实际上是已经腐朽了的，一触就倒，就折，就脱落，就粉碎。不倒，只是因为数量众多又相互拥立，腐朽与腐朽互相支撑着而已。草木萧萧，已经不适合它们；外强中干，也不适用；虚张声势更不对，找不到合适的形容词了——它是死去了的一片生机，是一片完全无人管理的野地。

说我双脚站立的这块地不是完全的废地，除了与东边比较之外，它的北边、南边、西边也可以拿来作出证明。这些地方是正规的农民们经管的耕地，脱去玉米棒的玉米秆空洞地立在畦埂里。人脸都感觉不到的风在它们的丛林里沙沙作响，穿东走西。乍然到来的人由于搞不懂原因会稍有惊慌。种谷子的地块，谷穗被临头割去，也只剩下满地空杆。不过谷子的叶片不像玉米的那样惨白，那样完全失去血色，谷杆上的叶片仍然丰富着，并且有很多是紫颜色，像是专门涂染上去的。由于相对低矮，风在它们中间响声细碎，如偷偷摸摸在干什么神秘事情。很明显，玉米地和谷地，主人都用过心血，流过汗水，把人类的，具体地说，一家人的，或者准确说，某个家庭里的某一些成员，他们或她们的生活理想寄托到了土地和庄稼身上。几畦地，几垄禾苗，投入多少，得到多少报酬。人的生命与它们的生命怎么样交换，得回来的东西能够换一件新服吗？能够给家里某个幼童买一时髦玩具吗？能够从村庄里走出去，到城镇的边缘吃一次新兴过来的烧烤吗？总之，这些可以称之为田亩的土地是人一寸一寸思考过的，每一季的庄稼也是从人的心里由小到大一天一天长大起来的，是用心用力之地，不是野地、废地。

　　这样比较下来，我立足的这块干瘪之地就更让人迷惑不解。它有岸堰，显然是人在什么时候垒砌过的。细看也有畦埂，虽然已经模糊，但能看出有些地方是经了人手的，可能时间长了，也可能时间并不长，只是弄的时候就没有认真。地头有一道水渠，浇地的水口不知有多长时间没有挖开过了。要说是田地，整个地里却又找不到一根庄稼杆儿，光挺挺的，菜蔬之类的也没有。片片搭的有一些腐烂后的蒲公英，还有一种细若游丝的，滋生出繁密的、形状像蜘蛛网那样的，永远也不抬头得紧爬在地皮上的植物。我在其他地方见过，记得它的细茎活着时是紫红色的透明体，像有鲜红血液在里面流动。现在它们腐烂得差不多与土地混淆成一种颜色了。还有一种植物，极细弱的竿，如一根头发竖着立在那儿，头顶上滋生过一些什么东西，因为很小，加上腐烂，也看不出一点究竟了。它们有的从中间折下来，有的还勉强立着。我脑海里没有过这种东西的阅历，想不出它们青春时的样子。这些都是野生的，种类总共也就这些。那么，这块干瘪的半野不野的地究竟是怎么一回事呢？

本来这样迷惑着也是不错的，迷惑是可以成为人的一种基本形态的，世界上有好多大事我们不是都迷惑着吗？何况山中的一块小地，它怎么回事不怎么回事有什么要紧呢？忽略掉，不思考，往前走，去迎接人间另外一些新鲜的事物不是更好吗？问题出在一个眼神上，就像歌词"只因为在人群中多看了你一眼"。我看到了一块鼓凸起来的地皮，它有农家饭锅锅盖那么大，只有一个边还挨着地，其余三边都从地上翘起来，像一头怪兽张着嘴巴，又好像有几只地鼠共同用力，正在用脑袋往上顶。凑近看，缝隙里边是黑幽幽的空洞，忍不住用手掀开，竟然是一窝正在发芽的花生苗，有三粒一团的，有两粒一团的，有独立一棵的，长短形态不一：都在拼命发芽，钻破壳伸出头来的，把壳皮举在芽头上的，芽体痉挛着正在挣扎着破壳的，两个籽粒相互纠缠搏斗的，刚出了一点芽就瘪死成烂根的，什么情形的都有，整个一个角力场、生死场，各自都在生芽，各自都在狂奔。就是它们形成的合力撬开了僵硬干瘪的地皮，这力量比老鼠们还要大。这块地皮就像一杆秤，称出了这力的量。有了力之量就可以上下左右对比，不仅可以与动物比，也完全能够与人类比。只要把参照物弄公平，我确信这种力量是可以称之为力量的。

我伸手去取其中的一棵，手上感觉有一股向下的拉力，它分明扎根到了土里，往外拔时甚至发出一点隐隐断裂之声。拿在手上看它已经是一棵成形的秧苗，样子有点特别，像一只刚破壳的雏鸡，也如一头从母腹中向外分娩扭曲着体态的小鹿，让人心里有一种说不出来的尖锐与温馨的滋味。这个花生壳里，有一粒直接烂掉了，另一粒动过发芽的念头，好像已有所起步，刚裂开一点缝就被某种力量压灭了。长成形的这一棵首先完成的是内部剿灭，把壳内的麻烦都解决掉，使自己一骑绝尘，脱颖而出。之后的困难也不小，需要向下破壳，取得土地的认可，伸根进土里去，向上顶破黑暗，想方设法去见太阳。天地合力在它身上共同发挥作用的时候，就是它的生命实现涅槃的时候。现在它已经初成其形，主干如脊，根须白嫩、透明，头顶上举出两瓣已经发育成青绿色叶片的花生瓣。我伸开手臂，从侧面看它健硕的腰杆，略呈弧形，盈盈跃跃，生动而美丽。悲哀的是，这些小芽苗只顾在地底下疯长，不知道地皮之上马上就要降临严寒的冬季。

　　花生本来已经被人类培养成庄稼之一种。正常情况下，播下种子，仅用一周左右的时间它就可以从土里长出芽来，然后逐步丰茂，进而在地上开出黄色的花，在地下结出繁盛的果，一粒子引来万颗粮。人类将其中的大部分据为己有，让它以多种形式参与到人间纷繁复杂的利益分配之中，留下其中极少部分作为种子继续进入土地，实现花生族群的繁衍与发展。可是，在这干瘪的地块里，这些花生很显然是被打乱了生命秩序，它们被遗落在地下，果实直接做了种子，而且季节错误，无论怎么生动都是徒劳。花生本身的生命基因使它们不得不发，人类的错误让它们无奈而迷乱。

　　这块地的主人或许是个懒人。他下种时潦草，种得马虎，缺苗不缺苗也不在乎，收获时也潦草。想象这个人刨花生时，手拿镢头，有心无心的样子，刨着没刨着，刨尽了没有，收获了多少，他统统没有在意，只是要了一个刨的过程。然后，他挑起箩筐走了，可能去干一件他认为更重要的事情去了，却不知，他的草率在地下惹出这么大的麻烦。仔细观察，这块地里其实有很多地皮都是被花生苗顶了起来的，有的已破碎，裂缝遍布；有的刚掀开一点缝儿；有的土块极小，如同冒上来的小蘑菇。看着这样的地表，我耳边仿佛听到从地下传来阵阵雷霆滚响之声。

辛卯年正月十二日的雪

一冬无雪。过年了，立春了，却下起雪来了。开始人们是不太在意的，以为这个也太草率了吧，况且看那雪的样子根本就是闹着玩儿而已，漫不经心地，南歪北斜的几片雪花在眼前飘动，向上望高空也没有厚重的铅云。雪这样飘飘那样飘飘，接近地面时又都融化了。地上只是一层湿，除了个别干树枝上留有些踪迹之外，基本就不像是下雪的样子。

但是我还是很有侥幸心理，叫上伙伴迈开双腿向山里出发。我在心里暗想，雪一定在山里。跨过那条横在山间的长路，跨过那条著名的大渠，在山的脚下雪已经是在开门迎客了。空中雪片乱飞，打人脸面，地上的雪半化不化，脚踩上去有溅水的声音又有踩雪的声音。走着走着大雪就来了。啊呀，这真是大雪呀。雪片越来越密集，一片一片地翻动，一片一片地又挨在一起、搅在一起，整个一个雪漫天翻动、漫天摇落的天空。没有风，雪自身的运动形成它自身的风力，内在，均和，沉重，不张扬，不扩散，直上直下，稍稍横逸。地上、石头上、干枯的低草丛枝上全是雪了。高高空中，原来巍峨高耸的山峰被雪空和淡淡的雾所笼罩，隐约有一些形状显现。山坡上的树木一大片一大片整齐地立着。雪并无意在它们的头上留下痕迹，而是抚摸似的，接吻似的，亲热一下旋即融化。从远处望去，雪从空中来，气势很大，挨着它们了，又无迹无踪。这样在漠漠树林之上、苍苍雪阵之下，开成了一线"真空"，树林的整体面貌，特别是树头树梢被完全的特写成一幅大图画。有一个词叫"醍醐灌顶"，用在这里才是最贴切的——树木在接受雪，接受天，接受自然之主的训话和洗礼。片片的雪花，就是一句句来自深天的哲语。呵，我有些惊喜又惊恐，苍天无言，百鬼狰狞。我站在树林下和树木们一起听"最高领导"讲话。

　　细看身边每一棵树，确实都是很虔诚的形容。虽然春天的发令枪已经打响，万物之中有的已经出发、有的正在惊醒，也可能有的还在蒙沌状态。雪在这个时候来是对它们包括我们的又一次催促和帮助吧。大家都能够心领神会，此时都把最真实、最生动的状态表现出来。你看，榆树，细长通顺的树梢像没有捆扎的扫帚，一条一条细枝上缀满珍珠一样的紫色颗粒，那是它的花蕾，不久就会开放成榆钱；柿树，像成熟的女性，大枝大股，如臂如膀，浪漫地弯曲开放，但是在每枝的最顶部，早已新生出一丛一丛细密的枝条，奇怪的是怎么会是银白银白的颜色，与它粗墨色的主干形成反差；核桃树，主干是浅白的，枝头新生出的细枝却是深黑色的，形状像一只只鸡爪；柳树，山柳，不是江南水边的那种柳树，枝条天生硬性，并无下垂婀娜之意，清晰而稠密的嫩枝则像一柄柄大梳子朝天举着；占山林中绝大比例的蔡树一律挺直干练，在雪的氛围中很像一群最听话的新兵，它们头上举出的新枝竟然全是土黄色的，又嫩嫩地透出冲天的生气。大多蔡树都是光秃秃的，清清利利地等待新的绿叶来出满枝头。我却看到一棵特别的树，在离我五六步远的地方。这棵树全身挂满了黄叶。黄叶就黄叶吧，呵，还有更让人惊异的：这一树的黄叶都不动，像披挂着饰品的模特展览似的，偏偏有一片叶却独立，长时间索索抖动，如有一个神秘机关在操纵着它，抖动不止，真是奇怪至极。满天的飞雪之中，这应就是山林感情的一个细节，一个藏不住的笑靥，一个独立展现给我的启示和诱惑……

山林访谈初记

序

近来我常到山里去，交下了许多朋友。这些朋友有的是一棵树，有的是一块石头，有的是一只鸟儿，有时候甚至就是一株草、一片坡，或者干脆就是一处山野。相视之间忽然就交通了，明白了，理解了。有时候默默言语几句，有时候就只是站一会儿，它们每一个的生活环境、生存状态、细微末节的情况我都了然于心了。当然你会说这只是我的一厢情愿。但我反复考虑，反复验证之后觉得我是正确的。这些自然中的朋友远比人世上的朋友要好交得多，好理解、好沟通很多。这不是说它们比人简单，反而是它们的法则和规律远比人世复杂，因为它们的历史要比人类的历史长得多。人从它们中演化而来，人后来膨胀了，自大得不可理喻，以为自己有脑子，会思想，有感情，特别是会说话这一项更是叫人类自己狂傲得不得了。实际上，人只是自然中的一种，而且是很普通的一种。其他动物、植物的感情表现，话语方式，只是我们弄不懂罢了。

迈开双脚到山野中去，随便观察一点一滴自然的存在，只要我们把心放下来，以平等的感情对待那些事物，随时都会获得一些接近真谛的思想，随时都会看到自然中这些朋友丰富生动的内心，都会惊叹每一事物内部的繁纷复杂，生动神奇和美妙瑰丽。和人世间交友不一样，在自然里，你不用做得太多，往往就会获得一份比较可靠的美丽友谊。

（一）

就说眼前这棵树吧，我要是稍不留心就错过去了，因为它很普通，是一棵洋槐树，就长在一片茂密的树林里，与众多树木在一起。我是从山的北坡上来的，正要从这片树林里钻过去，天气闷热，想抓紧时间走出去，不料却看到了你。长相有时候还真是很重要，特别是第一次见面、第一个感觉。素昧平生，凭什么多看你几眼？最初往往就是你特殊的外表起了作用。这棵树最先吸引我的就正是它的外形。它从石头窝里长上来，只长了一米多一点，可能是西北边山口的风吧，就把你折断了，现在能看出来当时折得很厉害，树干是完全断了的，只搭连着一层皮。就这一层皮寄托了全部的意志和感情，传递大地的水分，吸引日月的光能，折断了的这一截竟然又完全地生长发育起来，朝着折断的南方疯长，又直又壮。这样长了很长，却不知道有一天挡住了人们常走的一条小路，灾害再次发生。从现在的痕迹上看，某一个人应该是用锯而不是斧头，将它正横生冒长的枝干拦腰截断了。这一幕或许发生在黄昏，此人从山上下来，肩扛着一天的收获，当此障碍，手上又有随身的利器，挥而动之应是情理中的事。或许发生在早晨，太阳东升，阳光遍洒山峦，此人满怀着对一天的欲望，遇此不便，乘兴执锋而除之。我分明可以真切地想到这些情景。无论是黄昏、早晨或者什么时间，当时对于这棵槐树都是一个重大事件。它的生理、心理，外在的枝叶和树皮、内在的精神和思想经历了怎样一番的境遇啊？！可是它现在最吸引我的恰恰正是它在刀斧之后的又一次新生。就在这绝断处往里四五指宽的地方，它往上朝着天空长了出来，这一长已经又有三米多高。现在平静下来完整地看着这棵树，它像两把相对张开的拐尺，又像一张古战场上笨拙而有力的弓弩。而它的盈盈皮色，勃勃枝叶，又叫人感到生命升腾的青春之象。

（二）

还有一棵树，也可以做交心朋友。它是我见过多次才认识的。在山中一条河的南岸，顺着一段已经被人踩得发亮的石板小路，来到一处残缺残败了的农家院落。这院落现在已经没有人迹，那门楼起拱的式样，主房墙上天的神位的石刻，灶房顺墙留出的宽大烟囱，特别是站在门外向东一望，那临河而上的一层层废弃了的梯田，告诉我们，这里原来一定是山中的一个大户人家，美满幸福，繁衍生息，门里门外，山上山下，应当有过人们美丽的生活图景。我第一次来完全是随意转悠，除了这些怀古之思以外，叫我生发兴趣，以后又反复多次的原因全是因为这棵树。

叫它树实际上也有些勉强，尤其是在北方，树一般是指木质的、强硬的、高大的，甚至是指可以做梁檩实用的那一类。这一棵树是什么？正好能用上那句古话"橘生淮南则为橘，生于淮北则为枳"。是"枳"子树，在太行山中又有些变种，生长在这家门外的小石岸下。这一带的山里几乎没有这种植物，最初它是什么样子？怎样生长在这里？一点根据都找不到。我最初看到的是它斜弯在石岸上的树头，枝条密匝纷乱，叶片碎小，满身针刺，树冠又很庞大。我觉得好奇，站在岸边往下一看，却好像不是一个树干长上来的，就从岸上跳下来，到树的眼前细看。这是一棵很古老了的树，树桩是许多树集结、融合在一起长起来的，一棵一棵的只露着痕迹，像人工编织的那种感觉，实际上已经完全成为一体，到上边生发枝条的地方，连下边的痕迹也没有了，完全从一个整体上诞生新生命。

再往里面看，就发现这粗大的树桩里边大部分已经腐朽空洞了，用手一挨，烂碎了的细末沙沙下落，真是一个腐朽不堪之物。可是，从上边枝头上看，分明又是茂盛着的——我在不同季节来看它，更是确认这一点。春天里一树细碎的白花，深秋就甩出满身的小果实。这果子虽然只有算盘珠那样大小，有时候又青黄不均，摘一个咬在嘴里，又酸又涩又咸苦，奇味难忍，不可再尝第二口。站在岸上，轻轻拽动一枝，满树摇曳不停。好奇心吸引人再转到树下细观这腐朽的树桩怎样生养成如此丰茂的生命。直到有一日我长久地蹲蹴其下，细辨其纹理，才发现其中奥秘。一个是它不分散精力，无论是几棵都不独自生长，不往外长，主动地向里长，向一起长，彼此往彼此的身上长，把所有的精力抱成一团。第二个是更重要的，就是它巧妙地处理了腐朽与新生的关系。腐朽是不可避免、不可抗拒的，那就腐朽吧，但是在腐朽的边上一直保留着承载气息的不腐之体。一边是腐朽，一边是新生，腐朽与新生相连相融，同为一体。腐朽的变成肥料滋养新生的，新生的把腐朽了的所积淀的营养接收过来。如此演化，天道妙哉。此株枳树，伟大也！

（三）

高山脚下，一座寺庙的旁边供奉着一棵蔡树。这是很不容易长大的一种硬木。它如果长到镢把儿粗细至少要20年以上的时间。对于生命有限的人们来说根本没有耐心等待它更长的时间。它只要稍微成形时往往就被砍了去，留下黑乎乎的树骨突，上边再一茬一茬滋生出新树来，形成了望不到边的密匝的小树林。在这么大的山里要找一棵碗口粗细的蔡树会非常困难。但是这里供奉的这棵树却像是树中的巨人，主干要三个人联手才能抱住，树股向四周伸开占有不少于三分地的面积，粗股细枝，浓叶纷披，根本就不像蔡树了。更为奇特是这一树桩这里突出那里凹下、这里粗糙那里细腻，纹络复杂，皮相古怪，各种图案交错其上。人们在它的周围垒了石墙，填上肥土，安上供桌，终日香火缭绕，树枝、树叶被系上各种各样的红布条，远望其形其势，在这万重山中真是一架大神仙了。

我观察在这树下磕头的人，绕着它转圈、口中念念有词的人，男女老少，各色人等皆庄严肃穆，神情进入非常之状态。我也试着进入其中，默想当下心中最突出的事，绕着这树缓慢地迈动脚步，几圈过去，感觉人与树化、树与人融，广大无边，当下心中所系被夸张突出成一种意识形态，赤裸裸地表现出来。"出神入化"大概即指此也。从此境界中淡出，再看这棵蔡树的形貌，竟是完全通融了的感觉。这树上钉着"古木800年"的字牌。那么800年里，这树木的一圈圈年轮、一寸寸枝叶，见证了多少过客的意识和灵魂，寻求爱情的，突出的是"性"的意志和形状，或竖起或张开；祈祷钱财的，整个灵魂可能就特写了两只大手；梦想权力的，此时的意识应是一架风车，不停息地转动，四面八方地开合；嫉妒别人的，形状可能就是一个完全的黑洞，一个像螺壳一样扭曲的旋涡。欢喜的如花朵，愤怒的如虎哮，高兴的是流水，伤心的是落叶。无论大人物小人物、大事件小事件，感应到人心里的，在这"神"树下要表现出来的，全部是真实的灵魂面貌、精神架构。

关于人的这种景象，人自己永远都看不到。但是，这棵蔡树应该是都看到了，而且它把这些内容都"物化"进了树里去。那苍老古怪的树桩，那不同寻常的枝叶，我们真不忍心把它翻译成人类的语言文字。让它作为神灵继续接受人们的供奉吧。

（四）

　　站在山底向上望，在山顶的下边，像山的眉眼一样的地方，好像有三棵很大的树。这有点稀奇，因为在那样高的地方一般是生长不了大树的。在视线里，树冠的轮廓像中年女人的发型，又像三片儿绿色的云朵相挨在一起；树的躯干是三条淡淡的竖线，正好是那绿云的三根伞把儿。在这奇绝处，真有树木会长到这种效果？

　　我们用了半天的时间攀至其上，果然是三棵很大的树。三棵梨树。它们的生长完全是借助了人的作用。这里后来只有一户人家，梨树就生长在人家的院落里。现在人走了，房破了，但是一家人生活的痕迹仍旧存在。房后的泉水从山顶下的岩石里渗透出来，一点儿一点儿一拨儿一拨儿向外流。原来有小渠道，现在砌渠道的石头与山上滑坡的石头相互积压，水就从这乱石间流下来，四处漫溢，浸泡着一截半截窗棂、炕木、旧鞋帮等。水还使陈旧了的牛粪、羊粪大为发酵，变为极其肥沃的黑土，使一些本来很平常的植物在上边疯长成了很奇异的东西。比如有一种山草，本来长最大也就是手掌大小的叶片，现在它的叶一片一片地高举着，像南方池塘里肥硕的荷叶。水失去了人的管理，有的在乱石间暗流，有的流出来了，积聚成一汪，又落满了杂草的腐叶。水里也没有其他生物，只有一种软乎乎的黏稠的液体，像是蛤蟆之类的胞衣，却又一团一团地干死在水边的石头上。

　　这里人的离去不会有很多年代。三棵梨树均匀排列在房前院边，下边即是万丈悬崖。曾经的白昼和黑夜、树和人的亲密、树和人的相知相依，现在还留在这一片山地众多植物共同的气息里。现在人走了，树还在。树在人就还在。人像树的根须扎到了山下，扎到了城市，扎到了熙熙攘攘的人流里。人无处不在，树就无处不在。树留在山上，把人的气息传递给万千草木。树在，这一家人就永远都在。这三棵树现在正遇挂果的季节，满树绿叶拍手，果实摇摇。因为某段特殊的机缘，不该来的地方，它们来了；在不易长大的环境里，它们长大了。

（五）

它是草，可是又有藤秧，又有筋骨，初看有些像豆角秧，也有些像葡萄架，可是又都不是。它的行为和框架要大得多。

它从地下长出来，虽然是柔柔软软的，但满身已经带着细致周密的针刺，特别是那毛茸茸的外表，似乎还有些可爱，可是一接触物体它就把你粘了过来。你以为是亲密拥抱呢，还没反应过来，已经被它牢牢地裹挟了，像黄麦、狗尾草、沙草这一类细草植物，毫无反抗之力，全部都被掳掠到了它的躯体上。遇到野葡萄、山蓖麻这一类硬体草本植物，它是用弹簧一样的舌条一圈一圈把你缠住的，缠住你的杆，歼灭你的叶，不让你发言，不让你挣扎，你成为它的阶梯，它成为你的主体。它一路走过，汲取一路营养；你半死不活，它昂扬于外。它那袅袅的美丽舌条不停地"发表演说"，不停地胜利前进。面对那些槐树、李树、榆树等高大硬质的树木怎么办？它的办法更叫人称绝：集中起来打歼灭战。你仔细看一下某一棵高大的树木被俘虏的轨迹，很有意思。这种植物先有一股藤条爬上树干，一着足就快速前进，身后多股藤条都扑上来。更有甚者，有些藤条不从树干上走，而是从地上腾空而起，像几条站立的蛇，直接从空中攀上树冠。从树干上来的，从空中上来的，很快就把树冠压在了身下，然后再把自己的枝条举开来，垂下去，以青翠蓬然的生机在最高处欢庆胜利。我们现在放眼望这半架山坡，已经完全被这种植物所覆盖，而且随着山地的起伏、树木所在坡度的高低。这种植物所呈现的宏观景致实在是十分壮观：从高处到低处，一波一波的绿色藤团，像一阶一阶流下来的瀑布，攻城略地，歼灭无数，虽软体草本，亦英雄也。

（六）

见到你这棵桃树时，我一下子有了满心的欢喜。可是我现在又不知道怎样表述。因为在我行走的这一片太行山里，桃树是很普通的一种果木树，这样的惊异，这样的单独说你，连自己都有点不好意思。但是我是必须要说的。因为，这几天里，你绝色的美丽成为我整个思维的主旋律。在一片粗糙笨拙的蔡树林里，在一条废弃的古道旁边，第一眼看到你，那新艳的花枝像火把点燃了全部的山野。桃花吧，每年都开，到处都有，可你不同于其他。"桃三杏四"，你应该就是五六岁吧。在你们的族类里正是青春时节。一条主干细皮嫩肉，肤色晶莹，独自高举，像美人挺拔的颈项；在顶端开出一圈花来，花色很浓艳，正是深红待白之时，举在枝头又像美人头顶着的花篮。主干旁边滋生许多枝条，却完全是自由疯长的样子。每个枝条都是一串花朵，这个一斜，那个一歪，有的长着长着突然停顿一下，打个结，像人手指的关节，然后拐尺一样的调整方向，直直地向上长去。也有的就一直斜着长，越长离主干越远，花色呢，竟然也不一样，上下左右，美色如云。中间有像教鞭长短的一段小枝条，竟把你的花朵完全放开了，只在花的底部，也就是花蒂的旁边，有意无意地残留了一圈薄薄的深红色，花蕊中间的美妙结构，柔密细软已经不作一点保留。

虽然都从一个根上长上来，但在这深山荒林里，没有谁要求树必须整齐规范地开放，你想怎么开就怎么开，想什么姿态就什么姿态。风刮来的时候，满树又摇曳起来，每一根枝条都改变原来的姿态，每一点花朵都被风亲吻着仰脸启唇。满树张狂纷乱，这时候主干就像一位大姐，努力坚持着自己又不停地招呼着姊妹们。这时候的她们很像几个从城市风尘逃离出来的女子。

  在山里，我还要继续往前走去，很想把她们带上同行，又知道自己真是没有这个能力。关山重重，挥手作别，已是依稀难辨。

曾是故乡

是不是文章，登不登大雅之堂，算不了什么。内心里的折磨和不安才是最重要的。

心里盛放着的那个村子，那块活地，已经一缕一缕、一块一块地被扯碎了，飘散了，什么都不是了。这是怎么回事？这是什么时候、什么人干的？这么有耐心，这么大的力量。这是岁月的风。除了它，没有谁能这么干。我自己看不到自己，我自己看不清自己，与面前的客观事物比起来，我，没有疑问也已经不是我了，从外形到灵魂。那个"我"离开我有多远了？我会不会再找到"我"？我还找不找"我"？

我的故乡，她存活在我心中。要找到那个"故乡"，我就得朝我的心里走去。找一个角度，进入心门，顺着某条引路，辨认着两边的苔藓，向里走，向里走，走过一个庭院，再走过一个庭院，鲜活着的那个家乡就会出现在眼前。"家乡"可以到"心里"去找，"我"到哪里去找呢？那个腼腆的少年，那个重视爱情的少年，那个学习毛泽东的少年，那个自卑而又自傲的少年，你在哪里呢？你是不是就在我的故乡？进了我的故乡，就能碰到你？那个"我"仍然流连在田埂、路径、村巷、野花、茂林之间？

村西边

  走进内心，走近故乡，最先显现出来的是村西头那个破园子。一院的刺槐树，好像没有大的，一片小树挤在一起，像丢三撇四的贫穷而又顽皮的一群孩子。似乎总是黄叶多、绿叶少。树下老有打凉窝的母鸡和雄风八面的公鸡，满地的鸡粪、猪屎。园子一角上有一个墓丘，长方形，西北斜东南走向，白石灰抹顶，一头上开了一个吓人的小方口。从这个院子上去有两座土石堆，像女人的两个乳房，是很久以前的泥土和碎石堆积而成。各种朴素的草趴在上边，有一种草很像小麦刚出土时的样子，叶片比麦苗要宽厚、要壮实。顺着土堆夹着的小路，正西是一条直路下到河沟里，向北是一条斜路走向相邻的其他村庄。这条斜路开始沿着一块地边延伸，一边是地，经常种着芝麻或者棉花；一边是低凹沟谷。这个地方很茂盛地长着两棵柿树，树冠很大，把田地和沟谷遮去了很大一片。再向西走，又是两座土石堆，比村口的那两座要大些。从这儿出去，就是一片比较开阔的肥沃田地了。但是开阔之中却又站几棵大柿树，非常醒目，像一排古代将军，披盔挂甲，雄风八面。天地四野之中，独见伟岸造型，早晨一抹剪影，薄暮时便成为神秘的黑团墨影。这些树皮肤粗糙，体格彪悍，盘根错节，遮云挡雨。最奇的是树根，多暴露在外，宽厚硕大，如虎如牛，一副什么都全然不顾的气势。树下虽是地，但是种什么都不长，都被树欺负死了。它的柔情体现在树枝上，有的突然不可思议地长出一大枝来，腾挪盘旋，穿插迂回，从树的很高处伸下来，像大人的手臂，和常在树下的儿童们玩耍。

  树西的路很窄，也没有特别打造，就是原先的土，却已被人的双脚踩得快要改变性质，磁硬如铁板。想要从路上挖一条过水沟是很难的事，得很用力地一点一点、一小块一小块地撬。即使是下雨，一般情况下也无泥泞，连阴雨实在下得很多时，才勉强软下来。路的旁边是流水渠沟，也无垒砌也无铺垫，纯粹自然水沟，水流在里边很美好的样子。那才是水，不受管束。水底是碎石细沙，水边是被水冲得豁豁溜溜的地沿、路沿，还有随意生长的各种水草。闲得无聊的人们，偶尔挥动铁锹，从这边挖一锹土，堵到那边去，那边的水就高高兴兴地流到这边来；把刚挖出的那个坑流满流平再往前流去，人高兴水也高兴。人们偶尔也做一件对水有真正意义的事，那就是把它从这个地块引到那一个地块，然后在一个高高的石岸上修一个简便的水嘴，或者用两块瓦或者用半截水车筒子，在上边铲两锹土一围一堵，水从这水嘴上流下来，飘飘洒洒，哗哗啦啦，如飞如挂，既解决了人的实用，又张扬了水的个性和风流。这种流在路边的童话道具一样的小水是村西边留给我的永远的柔情。

河流

水的大风景，水的真正个性表现在河上。大雨过后，我们村的三道河同时涨水。在我们那儿不把洪水当成灾害。雨还没有完全停住时，大人们戴顶竹帽，披块雨布，小孩们赤着身子，就跑到了村外，指点、欣赏那早已咆哮如雷、奔腾不住的河水。第一道河水就在村边，如千万头黄马在眼前奔腾。树木、牛羊、门板从上边冲下来，眼看着房屋大小的石头在水中轰隆滚动，白色的水沫、枝枝叶叶的杂什杂物挂在固定不住的树头、树根上。人们高呼着、蹦跳着。也有人在岸边留下记号，隔一会儿宣布一声："涨河了！"最初的激动过后，人们开始做两件事：一件是用耳朵细听，分辨第二道河、第三道河的声音，比较和争论它们水量的大小。这时候也有几个胆大的人手挽手站出来，找一个水平缓的地方要蹚过去到那边看风景，老年人就出来劝阻。另一件事是用眼睛，顺着几道河水向上遥望，一直望到太行山的千沟万壑中，寻找每道河的发源地。这时候，一条沟就是一道河，在山上时是悬挂着的细细的一条白练，到下边就成了村人眼前滔滔的红流。青山隐隐，白练条条，村民争说天地事，水成为这个时候乡村生活中的主题思想。

如果不再连续下雨，几天时间河流就会减少很多。但是河水的影响将长期存在。首先是河床得到了又一次确认。原先人们造了地的地方，种了树的地方，甚至盖了房子的地方，被一冲而去，插上了河的旗帜。其次是河床的内容得到比较彻底的更换。那些大石头和细沙子，虽然看上去还是老样子，但是它们每一个具体都不再是它们自己了，完全是一些新力量。还有乘着洪水发动的大运动，河水顺便也改变了河床里另外一些情况，比如在某处造出一个深潭，在某处垫出一片平地，在某处放上一块巨石，等等。平时不好办的事，在大运动中都变得简单了。大水走后，剩下来的就是平湖秋月般的景致了。清澈的、温存的、纯利无害的水，够村人们享受相当长的时间。几道河的主河床上日夜不停地奔流着清水，然后浸漫滋生出若干小溪，纵横交织，迂回婉转，其间又营造出一汪汪水潭、一方方草甸。河是潭之秧，潭是河之果，奔流、变化，静止、安闲。即便是肉眼看不到水的地方，也是潮乎乎、湿漉漉的，草鲜美了许多，树茂盛了许多。水蓄在地下，气表现在上边，整个村庄实际上是生活在一块水面之上了。本来是山地，村民们却都熟悉多种水中动物，甚至有了能准确从水中认出鳖路的专门人才。一些女人没有多少文化，却对西施浣纱得遇贵人的历史非常熟悉，使得不少年轻姑娘一边在河畔淘洗衣服，一边做着山外浪漫美妙的遐想。

虽然我们那里的河是季节河，但并不是每年雨季都能涨水。几年大水不来，河床就真的要干了，河道里的水越来越小，然后一截一截地断流。能流时就尽量地流，能流多长就流多长，即便剩下很短一截河流了，也绝对保持着流水的姿态。实在不行时就潜入地下。经常看到，多长一条河干了，却偶尔就有一湾水窝，亮着明明的清水，告诉人们水并没有远离。在树木草丛掩映的地方也还残留着一些水潭，但这时候的水已经完全是随遇而安的样子，任由杂草、浊物浸染其间，不激不荡，坦然从容。乘势而发，发则振雷霆之威；随遇而安，安则完全任其自然。水，以如此的君子风范教化着我们的村民，在艰难的人世上生存和繁衍。

五月

麦子从地里收回来就要摊在场上晒。晒干了就要碾。人拽着牲口，牲口拉着石磙，石磙碾着麦子，一圈一圈地转，直到这压力把麦穗上的麦粒挤出来，才暂时停下来。这个时候，牲口休息，人却大忙起来。男女老幼挥动木杈，从场地的周围一齐跃出来，拥向场中央，翻挑搜筛，把麦粒扫成堆，把没有脱尽的麦秸重新铺起来。牲口再上场，人们歇下来。

这个场面是五月里最生动的时候。男人不惜其力，女人不顾其美，汗流浃背，满身污浊，麦子里来麦子里去，鼻孔、睫毛、头发都沾染着麦灰、麦芒、麦秸。身上劳累，心里欢喜。最害怕一件事，是天阴下雨。人们手头上的活儿一停下来，就是望山顶的云彩，看树头的风向，听天边的雷声。本来是白色的云，一会儿成了黑色；本来是一片两片，突然间迅速扩张；本来是挂在遥远的天边，一转眼翻滚到了头顶，黑云低垂，大雨将下。一旦出现这种情况，那真叫天下大乱，忙作一团。人们得赶紧把麦粒抢到仓里去，把未脱尽的麦秸垛起盖住，麦场上就出现了一座座蒙古包样的麦垛。遇上连阴天，人们就会一遍一遍地来到垛跟前，把手伸进去，试验温度，担心麦粒霉变。人们盼望着天空黑云上能出现一道亮缝。这时候，人与天的关系最亲近，人对天的观察最仔细、最敏感。突然雨过天晴，空中出现一道彩虹，触天接地，瑰丽无比，里一层色，外一层彩，赤橙黄绿青蓝紫，村民们便都站在村口用各种动作和语言感谢天的恩情，赞颂这无边无际的大美。

这时候就会出现各种关于天的议论。某年月日，阴云多时，有两条龙从天空深处吊下来，一条白龙，一条苍龙。开始只看到一条龙的尾巴，从浓云里露出来，一摆一摆的，一会儿就看到一条龙的龙身。另外一条龙是突然出现的。两条龙一起挂在天上，只是自始至终看不清龙爪龙头，被浓云遮着。就在这天的夜里，村上狂风大作。第二天人们在街道上、房顶上看到十几条从天上落下来的红鱼。拾起来，有的是死的，有的嘴还一张一合的。不管死的活的，村民们都把它扔到河里去了。也会说起来牛郎和织女的故事。还有天上一颗星照着地上一个人，明亮的是大人物，微弱的是我们这些草民。"龙口夺食"的生活滋长出玄妙艳丽的文化。

一时王

那时村子很小，周围又都是树，好多外边的人甚至不知道这树林中还盖着一个村庄。但是村西边却有一处后来证明是十分伟大的东西，这就是春秋战国时代赵武灵王修建在此处的一段长城。它未被证明之前，在村人眼里就是一座土石岭。村民唐风举一日摘了一担花椒，挑在肩上，顺着石岭向北走，一直走，脚下一直是石岭的模样。他就一直走，直到眼前一亮，从未见过的景象摆在了面前，原来他来到北京城。想起村人们平时议论世上最好是北京，北京最好是金銮殿，就找到了金銮殿。往上一望，高高的金銮殿上正好空无一人，风举放下花椒担子就跑了上去，一看龙椅上也没人，抬脚就坐了上去。这一坐，直坐得金殿摇动，空中天鼓响起。风举屁股刚着龙椅就被摔落下来，当时就死在了御阶上。按照皇家礼制，坐了龙椅的就是天子，皇上封风举为"一时王"。灵柩运回村上，全村人动手掘地造坟。挖到一丈时，地下现出七寸五色土；挖到二丈时，空中伏天降下大白雪；又往下挖，正好三丈时，挖到一个金盆，里边清澈澈半盆水，水中鲜活活两条红色鱼。大家未来得及欢喜，两条鱼就死在了金盆里。有人说"一时王"就正合如此的待遇。有人说是村上人做错了事，如果挖到下雪就停止，大风水不显露，"一时王"的后代们会出多少达官显贵。还说"金盆鲤鱼"预示后世子孙文化方面的发达。

"一时王"是村民以口相传的掌故，那"长城"却确有其物在。创出"金盆鲤鱼"的地方后来隆起成一座土石包，很像内蒙古大青山下的昭君墓，巍然屹立于村口，成为村人们世代相传的精神高地。某年月日，村上一文化人于此立一青石，刻字曰：

混沌与智慧，浪漫理想有何妨；
勇敢又自卑，吾民自古多谦让。

狼之隐

村周围的这一片林子里究竟有几只狼，村民们并不清楚。但是在考虑生活中的多种问题时，必须要想到狼。院墙要垒高，夜里要用硬木顶死院门，牲口到林子里吃草，需要在脖颈系上很响的铃铛。特别是要经常给小孩讲关于狼的若干经验，比如："麦色黄，地藏狼""老阳儿落，狼下坡"。还有一个很神秘的训诫，说的是别人问见过狼没有，一定要说"见过"，事实上没见过也必须坚定地这么说。如果要说出来"没见过"，那指不定什么时候，狼就会找上门来，让你一见。实际上狼已经很少了，狼已经没有多大能耐了。它们跟人对抗，不得不团结起来，不得不使用起智慧来。它们夜晚在村周围嗥叫，这个叫了那个叫，到村东头叫了到村西头叫，粗声，细声，呼号，哭泣，好像很多。后来证明一直就只有那几只狼。秋季是收获季节，村民在地里看庄稼，狼会结伴在石庵子周围转圈。人从石墙缝里往外看，见几只狼在走剪子股。村南边有一道沟，原来是放羊的地方，硬让狼给完全占领了。大白天，狼在这道沟里大摇大摆地走，人干脆退出来，把这儿叫作"狼道"。这些表现把村上人弄迷糊了，以为狼是越来越多、越来越可恶了，却不知这正是狼力量虚弱了的表现。物类相隔，彼此思想难以沟通。直到某年月日，全村人统一行动，火器、绳索、陷阱多种手段并用，在这片林子行动了数日夜，灭狼三只。从此，村上狼患减少了许多，偶尔从别处过来一只狼，人们也没先前敏感了。

在我们村，关于狼的最后一个说法是非常美丽的。说是很多年以后，一个大雪过后的早晨，有人在村外雪地上看到一行狼的足印，就顺着寻找，离开村庄，穿过树林，一直到太行山的深处，雪地上出现了奇迹：好好的四只蹄印，突然间有一只变成了一个人的脚印。村人再不敢朝前走。狼是不是成了半仙之体，没有人深入追究。但是如此一说，却使狼在我们村成了永久的朋友形象。

故园秋雨

春雨是叫人欢喜的。一阵风儿过来，幼苗、绿叶、新枝一齐抖动，欢快的雨跟着风的步伐在田野里顽皮嬉闹。夏天的雨常常有闪电和雷声带路，给乡村带来的是力量、是冲击，给人心带来的是震撼、是激昂。唯有秋雨，连绵不断的秋雨，洒向故园时，打湿的是人的心灵，打落的是人的泪珠。雨顺着房顶上的瓦槽在房檐上集中后滑落下来，紧接着屋门屋窗外就有了一道编织均匀的雨帘。已经做了多少年的努力了，房檐下的石头上才刚刚有了印痕，上边下来的雨水一滴一滴照打不误，仍然在实践着"滴水穿石"的誓言。什么时候有哪一滴水能够亲历"穿石"的快感呀？这不是水本身能说清楚的。主屋到偏房之间扯有一道铁丝，本是用来晒衣服的，此时却让雨水派了用场：水沿着铁丝从两端流向中间，一滴一滴，欢快地流过来，谁知到中间低弯处一碰头，却旋即失去了自我，化为一个新的水滴落于虚无中。未来的水滴还在朝这里赶，一颗挨一颗地相拥相撞，去者化矣，来者无悔，无休无止，成为雨中的一个微观世界。土打的院墙已经洇湿了半截，那水痕还在扩大，墙头上面开始有一块一块湿土松落下来。父亲把铺在床上的塑料布抽出来盖到了墙上，盖着的就盖着了，盖不着就盖不着了，顾不了许多，只是作一个生活的努力。母亲坐在门槛里，靠着门子纳鞋底，一针一线，胳膊运作的轮廓很大。一个满心茫然的少年，拿着一本《李白与杜甫》，也看也不看，也在屋里也在雨中盘桓着。这时候，那个邻村的女孩，披着一块雨布走进了院中。女孩和他同岁，却要高出他很多，尤其腿显得修长，前额饱满而光亮。他们一块儿走到了村外，四野里是满目的雨丝，无边无尽。两个少年说了些很美好的话，却都不知道此时该向哪里去。

第三辑

春风吹拂山林

这种美好的感情在我心中酝酿有一年了，几次与人谈起，话到嘴边又止住。也曾想悄悄记下来，又不敢轻易动笔，怕准备得不好，反倒破坏了她。

那真是一个很偶然的机缘，猛然一片风景就出现在了眼前，三面山坡，满目新吐的树叶，整个地青翠、绿艳，像初生的婴儿，不染世俗尘埃。这时，风不知从什么地方过来了。在这山上行走，哎呦！那是怎样一个状况呀！风并不整个地走，像有主观意志似的，往这里走走，往那里窜窜，西坡上行一条风线，南坡上显一片风形，一会儿舒缓，一会儿迅疾。风走处，树叶就全翻过背来，叶的背面是灰白颜色，和叶的表面反差很大。那里树叶全翻过来了，那里就是风。欧阳修在《秋声赋》中是"听风"的，说"如赴敌之兵，衔枚疾走，不闻号令，但闻人马之行声"，想用声音来捕捉风的形体；贾平凹面对一丛摇曳婆娑的绿竹，曾经大发感慨，说"竹显风形"，高兴于看到了风的形状。欧翁、贾公之情，美则美矣，但对于风的观看来说，一个是"凭听臆想"，一个是只在局部，我幸遇的却是漠漠无边的山林，风自由自在地行动。

风真是最自由的、最顽皮的，"无拘无束"这个形容词对风最适宜。它甚至可以跳跃着走路，像在山体上点穴，隔一片刮一片，形状又完全不一样。在各处停留的时间又不相同，有时尽情地翻动摇曳，如梳如抚，有时一点即过，刚才还在山脚，转眼已到山顶某处运作绿色涟漪了。春山春树遇春风，一片山林全都笑逐颜开。

　　迈步走进这林子中，新雨落过的痕迹很明显，山石、草芽，树上树下整个的崭新，路径泥土湿湿的，羊粪蛋半膨胀着，石上苔藓正是由黑向绿转化的情形。每一棵树，每一株草，树上的每个枝丫，草上的每瓣叶片，全都美形美容，着色着彩，为着千古不变的、一年一度的约会汇聚而来。人在春山里也都丢掉了面具，看清了和植物、动物的朋友关系，性情尽显，融于自然，平时在红尘里斤斤计较，满面倦容，此时也拍石拍树，拈花惹草，啸于沟壑，歌于水畔，像小孩子一样真实地嬉笑起来。风在树上走，人在林下行，虫鸟草木，蜂蚁狐兔，应该是都进入了类似伊甸园那样的境界中。

　　在这样的气氛中，有一个老人走了进来。他紫铜脸色，弓着脊背，说是要找一头快要生产的母牛。家里本来有好多头牛，也有牛起居生活的窝棚。老人的儿子看着村上一座座小楼竖起，感觉着适合于牛的农活一年年减少，最终便下了决心拆迁改建旧居，牛被挤了出来。这个老人顺着湿地上的牛蹄印边找边喊："牲畜东西！牲畜东西！"不一会儿春风中回应过来一阵"当啷啷，当啷啷"的铃铛声。循望声音响处，就见一头黄牛卧在绿树林中，老人露出又喜又怨的表情，一边急走过去，一边自语："是生了！是生了！"紧跟过去，眼前的情景使我们又惊又喜。老牛刚刚产下的一头牛犊，在母亲屁股下还没挪窝；老牛的屁股里也还往下掉着块块条条的黏软东西。老人迅速蹲下用肩膀靠住老牛颈项，嘴里说着些很亲切的话语，连撑带劝，硬让它站了起来，然后又把小牛犊抱到老牛肚下让它学着吃奶，还随手在地上摸了几把细草、碎叶往小牛嘴里塞，据说是刺激它张开嘴巴，行话叫"开口"。小牛腿细如嫩竹，歪歪倒倒，反复几次才找到了感觉。这时老人又从身上掏出一只预先准备好的旧鞋底系在老牛屁股上，好让胎衣尽快坠泄下来。把牛母子安顿好，老人才点上旱烟如释重负地坐在石上。

想牛这种牲畜原来也是野生的，后来成为人的工具。再过几代人，随着人类对自然资源占有欲的无限膨胀，当人的生活完全容不下牛的时候，当这样熟悉牛、爱惜牛的老人一代代逝去了的时候，牛可能又要完全返回山林，问题是到那时还有没有本来属于牛的家园的山林了呢？没有了山林，或者没有了这样青翠的山林，人又会是个什么样的生活态呢？

对于春风吹拂下的这片坡地，我是愈加珍惜和留恋了。

太行雪光

这是一处特殊的山地。向西一百五十里连绵群峰,至古时的潞安府今日的长治市才见平地;往北两百里全是太行山的脊骨,一直到漳河方分出些眉目;向南去山就走得更远,断断续续一直要到黄河岸边。就数向东近些,却全是山崖横断,一律壁立千仞之势。千仞之下散落着河南林州的百万人家。在这样的山顶四望,很像置身于茫茫大海之上,山海山浪,无边无际,浩茫空阔,似乎离人间远了、离天庭近了。

突然,有一个小村庄从山中显现出来,一望见就觉得新鲜稀罕。进村的路在山崖边宛转,好像是刚刚被人修理过,有边有沿,碎古碎土打造,铺垫得均匀精致,能想象出是很认真很愉悦劳动的成果。山坳和沟坡上的梯田,一溜溜,一层层,宽窄不一,长短不齐,土壤却梳理营造得巧妙,地里的纹路既像池塘涟漪又似人的指纹。这里一伸那里一弯的小水渠响着叮咚的流水,沿着渠线生长着三棵两棵的树木。在这二月的天气里,近看树头是光秃的,远望已经郁郁盈盈,泛青泛绿,蓄满了饱饱的春意。

村上大约有十几户人家,房屋、院落没规矩地散落着,石板街巷晶晶亮亮，却没见有人走动。看到一座门楼上扎着一圈浓浓的柏树枝，有些特殊，便走进去。啊呀，原来是一座寺院。在门外看简直与农户无异，里边是主殿、便殿、香案、供桌完全的庙宇建筑，只是与山下的比全都缩小了很多尺码。一老者走出来告诉我们，此寺叫"雪光寺"，此村叫"雪光村"。"雪光"，真是好名字，尤其是在这百里荒山中，就很想知道些传说、灵异之事。老人却没有话语，只说原来是仅有庙的，开封府和彰德府的官员还坐轿上山朝拜，一户姓郭的人家在此看庙，一辈人一辈人繁衍下来，就又有了村庄。怪不得我们看到庙被包围在住户中间，这和其他地方差异很大。在中国民俗文化中，是很忌讳在庙前庙后建民居的。显然此处住户已与寺庙融为一体：无庙即无村，庙曾是工作的地方，也曾是衣食的保障，更是精神的寄托。庙里的三尊佛像也与其他寺院里的不同，不是通常的泥塑，全是一锤一钎精雕细刻的石质，而且高大宏伟。年代也很久远了，按照清乾隆年间重修碑上的记载，至少要在明朝的初年。"文化大革命"中，居民们在院中刨成大坑，将佛像深埋达二十余年，保护了重要文物。国运变迁，文化流转，前几年才又起出来供上宝座，按照市级文物用心爱护。只是他们犯了一个错误：将佛像涂了一遍色彩，大黄大紫，大蓝大绿，失去了石刻特有的价值和风采。我埋怨看庙老者，他不语。这使我反倒产生了疑问——说不准我是肤浅的，山民们才是以大经验、大智慧在保护文化呢？

在村上转悠，碰到一中年妇人，有眉目灵秀之态，仰头举手，为我们指说村边的几座山峰。正西一峰好好的，却凹陷出一个和面盆的模样来。妇人说这是全村人的钟表，那盆中的阴影随天上太阳的移动而变化，阴影与阳光平分时即为午时，非常准确。妇人说现在该是10点半。看了一下，我的手表是10点25分。我们开玩笑说，你们村都不用买手表了。妇人笑语："俺村祖祖辈辈都这样，看表还不习惯呢！"这叫人生出怎样的联想，太阳与地球，宇宙和时间，文明和落后，人类与自然，还有立晷测影、电子报时等？这处景致被村人叫作"老阳山"。村南边还有一处山，活像一个白馍切了一半的样子，山民们称之为"月亮山"。看来此地居民在对月亮的审美上，是喜欢她半亏时挂在天上的模样。

踏入这方宝地纯是偶然，印象最深的还有寺门外的那副对联："殿前无灯凭月照，山门不锁待云封"，我们红尘中的文人这样摆弄那样摆弄，终究弄不出大气来。这是何等风度与神采？！尤其是"山门""待云封"，超拔尘俗，拒绝喧嚣，而且还浪漫，浪漫中似又有些孤傲侠影……

黄河在壶口

我是先听到壶口的声音而后才见到壶口的。听声音在夜里，见它在第二天早晨。

头一天我们在黄土高原上寻找、盘旋。暮色四合，高原淹没在一片黑暗之中，也不知还有多远路程。所幸前方出现一溜三个亮点，明明灭灭如游走的灵火，判断是车，很可能也是去壶口的，兴许也是外乡人，也是在瞎摸乱找。无论怎么样，夜里在山中走生路，说不准会有什么意外，攀个伴儿总是好事，便加快速度，向亮点靠近。我们快亮点也快，总是靠不近，但车速是明显地加快了，好大一会儿过去，亮点突然停了下来。我们赶到时看到是三辆新式吉普，它前边还停着黑乎乎的一溜拉煤、拉木料的车，原来是在进行车辆检查。手电筒晃来晃去，人声有些嘈杂。抬头问坐在高高驾驶室里的卡车司机："壶口还有多远？"黑暗中人家大笑起来："这不就到了吗？过了桥就是，你们是第一次来吧？"一会儿放行，果然感到是从一座桥上通过。又一拐，突然出现一片开阔地，有灯火景象。靠近，灯光照着四个大字：壶口宾馆。我们一时喜出望外，总算到了目的地，并且还有食宿之所。看这座建筑很现代，只是天荒地远，夜色太浓太重，再豪华也显得飘零孤单，灯光也是暗红迷蒙，放不出亮来。住宿的人很少。安顿之后，我一个人走出来，站在宾馆灯光照耀的边沿，向着黑暗默立，倾听从远处传来的壶口的声音。这是一种发自内部的、持续不断的、有活力的声音，不猛不乍，甚至有些低沉。它发出声音不是表演，不是张狂，不是为了吓唬谁。它是本身自有的不发不能的生命之音。过去有人说过它像雷声，我仔细听了后觉得不像，它除了声震寰宇、摄人魂魄的伟力之外，在轰隆隆响动的边沿有些声音竟如丝如竹，非常悦耳。我不知道附近有没有村庄。如果有人居住，一代人一代人从小到大听着这么一种声音，生命之中会增添多少比别处优秀的基因呀！

　　早晨醒来，朝霞满天，对地形地貌的感觉与晚上有些不同。荒凉宁静，山河磊落，更衬托出天地间只有壶口的声音在活动，便更加着急地扑过去，去拜会它的形容。见了面，第一个感觉是叫它瀑布太委屈。瀑布在约定俗成的概念里，似乎是舒缓、美丽，让观赏的。而壶口这里主要是力量的一种展示，一河黄水滚滚而来，像千头万头奔马嘶鸣着、抢夺着，踏灭无数，战胜无数，汇集了所有水的力量，振奋起千里万里的惯性，冲开来，栽下去。难以想象的水量在难以想象的空间里，没了法子的一种状态，看上去浊浪排空，水起狼烟。有道是"千里黄河一壶收"，实际是河把石山冲成了个壶。河水是主动的，石头是被动的，水从青藏高原点点滴滴汇聚成流，昂首北上内蒙古，在南下途中遇此绝境，想当初可能有过多种选择，在排除了其他可能仅剩下一种选择时，我们的黄河水每一点每一滴一定都异常地激动起来了。它们开始还是依照老办法，靠"滴水穿石"的精神在高原上四处啃探，想以韧性来和石头较量，现在我们站着的河床上，和离河床很远的山体上，随处看到水钻的石洞，像牙齿咬过一样的豁溜溜。这样不能奏效后，黄河才整个地集中过来，对着一个方向孤注一掷。这个选择过程也可能漫长，也可能只在刹那间。水一旦朝向了一个目标，便爆发出了令天地震撼的力量，连水自己也不知道会在坚硬的高原石体上造出一个"壶"来。一旦冲决，便成永恒，便成为黄河自己天经地义的水道。

眼前水在奔驰，浪在飞旋，更奇妙的是在混浊的水浪水烟之上，眼睁睁看它架起一道七色彩虹，而且是在我们俯视的角度出现，使人对壶口更加刮目相看。我站在河床上，远观其势，静听其音，心里好一阵欣喜，自以为得到了黄河的真谛，心中产生两句话：我观黄河十分魂，七分魂魄在壶口。

荒村写意

一道河泛着白光，似有微微细浪，走近了却见是个干河床，均匀散布着的鹅卵石像古战场遗留下的一摊白骨。它有过清流映月的雅致，有过激浪相搏的辉煌，作为历史，凝固了在这天与地之间的大特写上。太阳圆圆的，却暗淡地骑在山顶。月亮只有一半，极像割麦的镰刀。天还没黑，它就快淡到与天色无异。远处有了活动的物体，一个屎壳郎般的黑点爬进河床里，隐约有白烟冒上来。眯眼细认，还有红绿人影在周围蚂蚁般蠕动，有人指点说是村人在挖沙出卖。

听说有居民村落，便急着想看。说是离村不远，走起来却很费些周折。从河滩上来，沿一条石渠西行。渠极小，豆腐块般的红石垒砌，渠底用平板石铺就，石与石之间连以灰泥，形似工字，清水流照，水底黑绿色如水草之物便一律软软地向下弯去，丝丝攘攘，团团簇簇与水共作悠然自乐地舞蹈。渠畔有了一片荒原，萧萧蒿草干枯了，却都不朽不倒，棵棵相挤，雄雄站立，圪针荆棘，蓬蓬勃勃，张举着坚硬清晰的经络。满目荒凉之中，突举出三棵老树，一律漆黑颜色，树冠没有了细枝，一截一截的黑棍特写在黄昏半空，树桩空朽。投去一石便有四五只鸟儿从中扑棱飞出，绕树头翻转，唱呱呱之声，末了落于原中一茅屋之残墙上，瞪着圆眼向人张望。正与惊鸟对视，脚下一野兔奔出，跃过沟渠，下了河滩，一条跳跃着的曲线便在眼中消失。石渠拐弯处，现出一片踩上去吱吱作响的光光的场地，边沿有正在越冬的枯草蔓延。一石碌孤孤立站，就用脚猛蹬，想把它蹬倒满足一下征服欲，可惜连蹬数脚，石碌仅稍稍摇晃，很难倒下。有人就窥了端理，先退到小场一边蹲下，再猛然起跑借助冲力蹬石碌，它大摇晃起来，下边沿有一半已脱离了地面，眼看要倒下去的时候，人脚却也没了力气，终于没倒。抬头时一农人却早在场上站立，许有半百年纪，两手抄袖，慈祥憨厚，目视石碌而笑。稳稳走来，拿脚尖挨了石碌半腰，扭头笑笑，此圆柱之石扑通倒下了。他也不言语，又掉过来伸出一只手扒住石碌边沿，又笑笑，这重物就又站了起来。

　　我等上前攀谈，顺老人手指所向，便见到不远处石岭拐弯的地方有几处红石房墙。不细看，村落只是山坡崖石的一部分，因为村子现出的一角上几乎望不到白墙和绿瓦，走近了，便看清楚村子有二三十户人家。院墙多用乱石垒砌，依形而放，因石而施，凸对凹，凹咬凸，大小相杂，个个相构，不用一锤一凿，而天衣无缝。立着的是挡狼挡贼的墙，展览的是外人难以破译的山民神秘的心络图，叫我不禁小瞧起时下一些都市大宾馆里伪装的石墙，在平墙上划了道道，企图搬山林野色于绿地毯之上、霓虹灯之下。无奈世上之事，做高雅可达，做朴素难为，纵是如何费力，终归一堆死物。嘴上说好，心里仍罩着一层假影，而在这山里，朴素是朴素了，受用这朴素的人们却不为朴素而感到高雅，倒是千般想万般念地想改变了这朴素。而待无力改变，便走捷径，不少人攒了钱财下山落户，有的一走一家，整个院落就空了，中用的掀了去，不中用的丢下来，院落就不像院落了。有的老人恋旧，无论儿孙说得山下世界要活龙，终搬不动老人坐在门前石碾上的屁股。于是儿孙们去了，留下了爷娘爷奶在祖屋里，隔三差五到山上来探望。

一片灰暗之中，村东头却突起出一座红砖瓦楼，一绿衣少妇正手扶栏杆向河滩眺望。村人说此家户主姓谢，三十五六岁年纪，在山下读了高中，四年高考不第，便下了狠心，回山村，与一外姓女子结了姻缘，雇下外乡外地人到河滩里挖沙出卖。千百年静止的河床里终于有了响动，有了色彩，有了一个个坑洼。他购买了电视，每晚村人搬着板凳来他屋内观看，春节时在他家看电视晚会，各自带了鞭炮在他家院里燃放。

离开山村，已近黄昏，那弯钩月显了光华，灿灿地倾泻下来，笼罩着这座宁静而不安分、正在破坏又正在建设中的山村。

发现杏花

本来已经不抱什么希望了,就那么灰懒懒地往前走,再攀过这个山坡就要看到村庄,就要踏上回城的大路了。可是就在这个时间里,我们突然获得了一阵惊喜,大家望见一棵正在开花的杏树,红艳鲜亮。这样的一个偏僻的角落竟藏着这么妖艳的美丽,令城里人顿生妒忌。

走近看,其实只是一棵极普通的老树,长在一块斜三翘四的山地边,主干粗黑如墨炭,分枝胡乱生长,细碎枝丫如指如掌,如果不是有满头的花朵,真要怪其丑陋了。她的根扎在贫瘠缺土的冈峦上,年年岁岁与琐碎卑微的荆棘、刺槐为伍,既没人修剪,也没人浇灌,雨雪好不容易地降一次,短时间内就融化流失下去。每年的这个时候她把花开出来,也就仅仅是七八天光景吧,便红艳谢去,落英缤纷,然后就开始孕育果实。在蓝天白云、朝霞暮霭里,她一树的绿叶婆娑着,小杏果也从花托里由小到大,由青而黄,由苦酸而绵甜。只是到了这个时候,山民们才注意了她,挑着担儿,举着钩镰,把一树的果实收摘掉,运到山外的市场上去,供粗人、丽人挑拣,在讨价还价的嚷嚷声里,主人把一枚枚钱币装进口袋。即便到了这个时候,人也还不敢说会不会念记起她呢。世人多重视表象而忽略内质，似乎在花的族类里排不上她应有的位置。

　　人们说到花儿，立时想起的多是雍容华贵的牡丹，锦绣绸缎般的月季之类。殊不知，有些花美则美矣，却都是有花而无果，鲜艳几日便凋零萎谢，成为一丛与杂草无异的残叶空枝。而杏花，则先美花后硕果，把说不出的精神之美和摸得着的物质之惠一并奉献给人类！她属于真正的花，是母亲一样的花。

深山远村

从蜿蜒着搭在山崖边的汽车路往下望,百尺深涧下亮着细细的流水,时不时结成一湾,远望如一颗颗藤上的西瓜。眼下是初春,下游早没有这样的情况了,即便在这里,水上边的石崖上也都还吊着一片一片、一溜一溜的白冰。水是深绿,冰是雪白。崖石呢,新的褐红,旧的深黑,在山坡上凝练干瘦,在树梢头密密细细。春气已运作到位,憋在枝梢内,虽然还未接到发芽的号令,那种气,那种色已经完全与冬季不一样了,甚至与几天前都不一样了,迷迷离离,高高兴兴,憋而不发地在那里静候,如打扮过眉眼的小演员,尽管还没有扭动腰肢、欢声笑语,那俏皮的模样比唱跳起来还耐看几分呢。

走过一个村落叫"窏底"。这地方在山下早听说过,几个人曾争论是哪两个字。当时有说叫"晋地",取已进入山西地界之意;有说叫"净地",猜想是不是追求干净卫生;还有说宁静之"静",靖康之"靖"和前进之"进"的。下车看村头石刻古碑,却是这样两个字,真正是羞煞一班男女骚客。"窏",通"阱",指为防御或捕捉敌人或野兽而挖的坑——与猜测的所有意思全都不一样。荒天荒地之外,百年千年以前,这里是个什么地方、演化过如何人事，直叫人作非非之想。字碑上方原是一简易牌楼，石基木框，眉顶已没。石上有字，漫剥浸淫不可认，框木未全朽，竖着的木纹很规则地排列，像竖写的文字。旁边有一处破败了的庙宇，屋宇跨度很大，上下却低矮，门庭户牖宽阔开朗，莫名其妙地有一种大家风度。那塌陷了的宽大屋顶像一件褪了色的锦袍，肯定是在不甘心地张扬着某个时候留在这里的某种精神。村上几十户人家，新瓦新墙自然不少，有一两家房顶上还插着电视天线。但是村落正中间却是一条古巷，长不过百米，宽仅能两人并肩，石铺街面精光放亮。两边屋舍保留旧时模样，屋墙皆用石块垒砌，大小不同的石头不加锤凿，因形就势，自然拼凑。石与石之间用山上红泥勾抹，石与石，缝与缝，石与缝，片片搭搭，勾勾连连，加以天长日久，人烟熏染，一堵墙就是一幅古朴而又新鲜的美画图。在这短巷内走，真像是穿越历史隧道，两只眼睛看到的全是特有的美意。其中有两幕尤其难忘。一幕是有两三个老人在一间屋内抽旱烟，无声无息，安然静默的模样，像历史的传送带送过来的历史中的人事风情；一幕是一家屋门外站立着一位少女，斜靠门框织毛衣，刘海儿遮额，低眉弄手，那颜色不染半点尘埃，如荒山野地间突现一枝水仙！

　　出了古巷，也就出了小村。在山中又蹒跚一小时，眼前出现两棵巨柳。这柳和山下的、和南方的大不一样，柳树天然的柔弱之质在山地得到了锻炼和改造，其躯干，壮大粗糙，黑皮布列，其树冠分枝稀少，干瘪短秃，主干与分干交接处鼓突变异如肿瘤，远望像是干枯了的百年死物，细看枝梢头却已又泛出青色，而且是这山地春天到来的第一个有力证据。巨柳下有一户人家，单排北屋向阳而居。推开用树枝荆条编织的院门，迎接我们的是一个六十来岁的老妇人，怀抱一咿咿呀呀的婴孩。老人苍白的头发有点乱，但面容绽开如一柄老菊花，立时像对待亲戚一样给我们说这说那。老人有一个儿子，在太原跟着工头当瓦工，儿媳妇到沟底的石板岩镇赶集去了。小孙子很淘气，不时地撕拽奶奶的白发。奶奶隔一会儿给他擦一把鼻涕。窗户下的石凳上放着一个小器物：利用一块树根的自然形状，在两边各加了一个小木轮，拿一根绳子在上边系了，拉动绳子在地上转，活脱脱就是一只麻雀在蹦跳了。城里人拿钱到商店给孩子买玩具，山里人就这样来取乐。在开发儿童智慧之海的功效上，哪一个效果好，还真说不准呢！我问老妇人过年起五更放火鞭了没有，老人说放了五百响，鞭炮就挂在门前的柳树上。我问放了鞭炮干什么，她用手指了指门外说："敬山神。"在离柳树十多米远的地方，一座小山包的旮旯处，用石头垒了一座高不过膝的小建筑，有门有顶，像模像样，只是作为庙真是小了些。弯腰看里边的供神，就更为新鲜：一块长条石竖放着，上边搁一块小圆石头，用毛笔在小圆石上点画勾勒，就算是一尊山神。如此敬神，便当而又智慧。一家人造一架神，就供这一家祭拜，寄托祝福，寄托理想，寄托人类对天地宇宙无穷无尽的遐想。与天下偌多皇神庙相比，此神大焉？此神小焉？此庙大焉？此庙小焉？

老妇人被我们的情绪所感染，好像突然想起来了，连连告诉我们往西不远有个狐仙洞，说这洞在离地面二十米高的山腰上，洞内长着石南瓜、石茄子，还有石床铺、石棒槌、石擀面杖。还说洞内狐仙经常变幻成姑娘模样，三三两两到洞外的河里洗衣服，洗手洗脸，听到人声，立时就没有了。我问有人真的看到过没有，老妇人不容置疑地说"瞧见过！瞧见过！""大长辫子，细皮嫩肉，颜色可好看了。"还说，有诚心的游客到那里去烧香跪拜，有时狐仙姑娘也会凭空变幻出来让人瞧见呢！听此介绍，我们一班人中，就有不顾路远和时间要去看的。我也被这美丽的传说吸引着，但却很不想去看。一是怕看到的现实破坏了这美妙幻图，二是假设真的有，反倒有些畏缩、惧怕。仙怪界中，以美色示人者，往往引出了断不清的故事，如何是好？真真假假的就此作罢，只是更加感谢眼前这位老妇人了。

又往前走，脚下有"咕噜咕噜"的响声，抬脚跺跺，低头看看，方知地下是石砌的空洞，埋着一条白塑料管子，从上游往下引水。顺着这响声走，果然像我们猜测议论的，又来到一户人家。这一家白墙红瓦，一排五间屋，屋后靠山包，门前临浅沟，高风疏朗，干净卫生。白塑料管道从屋墙边的石崖里伸出头来，"哗啦啦哗啦啦"地流着清水。喊叫几声，屋门响处走出一个妇人来，热情是热情，但凭直觉似乎不是这家里的主人。我们刚踏进门槛，果然从里屋传出清脆明朗的召唤："我在这儿呢，快进来吧。"只闻声不见人，掀起门帘，见里屋土炕上半躺着一个四十来岁的女人。她头裹花纱巾，身着红布袄，白白嫩嫩的圆脸盘，满脸满眼的欢喜之情，斜倾上身，伸出双手，不好意思地告诉我们她前几天才从山崖上摔下来，大命不死，但摔折了腿骨。其言其形很有些山外文化的神韵。原来妇人的丈夫是二十里以外乡镇中学的教师，两个儿子都考上了长治师范学校。春节前乡政府组织在西边的山上钻洞子，连接此处与晋东南地区的公路。散居在大山中的村村落落的山里人，被美好的远景鼓舞着，家家户户出人上了工地。看来干粗活不是这个女人的强项，在工地抡锤打钎干到第七天，就从三十多米高的山腰上摔了下来。上边的人看着她掉下去了，下边的人望着她摔下来了，都以为准定没命了，可她偏偏挂在半中间的树杈上。人们爬高爬低地把昏迷了的她抬到镇医院，三天后才醒过来。男人回来看她，两个儿子回来看她，她都执意让他们各自回去，安心学习、工作，把一个闲着的远房亲戚找来照顾。乡里领导来慰问，称赞她是英雄行为，她说这是为了自己，为了子孙后代："打通西山，通向城市，山沟变成好地方，后代儿孙问起此事，我说就是我们亲手干的，到老了脸上也有光。"

这是一个利落、美丽、有思想的山里女人，是一个有见识、有前途的幸福家庭，是连绵不尽的山海山浪里跳跃着的希望与火种。

临离开这户人家，我们问女人"你居住的地方就你一户，怎么称呼呢？"她脱口就说："窎底。"唔！这几十里的山沟，散散落落的人家，都叫着一个古老神秘的名字。

音乐会

无意间打开电视，荧屏上是一个宏大的音乐会场面。拉弹抹奏，敲击吹捻，奇男俊女，各作姿态。尤其是那背对观众的指挥，似乎是专门作他一头长发的表演，一下子像瀑布流泻，一下子像黑伞张开，一下子如风刮垂柳，一下子如雄狮昂首，手中捏着的那根小棒于此情景中虽然很有些滑稽，却似乎具有千钧之力，点横竖撇捺，按平挑斜推，悠然之中常突发奇变。头发、燕尾服、小棒作一团，乐队中一个个站着地蹲着的，端坐着的弯立着的，就都痴了疯了似的在各自的物器上作弄，便有说不清道不明看不见摸不着之奇妙音响横空而来，如山风过川、百鸟朝凤、江河泛滥、鬼魅魑魅号啕……有横笛而听不到笛音，古筝动又听不到筝声，看着拉二胡的很用劲，却辨不清哪一缕美韵是从胡弦上发出来的。能看真切的只有那演奏者的面部表情，其男其女，皆油头美面，无论怀抱何种乐器，一律神情专注，二目或开或合。开时只看指挥手中的小棒儿，绝不斜视；合时如饮甘霖，美不胜焉。一方舞台似乎全是一帮痴傻人物。看得久了，就产生些触类旁通的联想，揣度他们一举一动怕都是眼中有所见、手中有所指的。指挥挥动那小棒棒，局外人看是机械动作，在他的感觉和视野里，当是在搅动和运作山川湖海、千军万马、日月星辰等等具体实在的物象，是把世间一些真实的情态物景在他们手上以乐曲的特殊形式流泻开来，一曲《二泉映月》先凄凉了拉胡人，身在台上痴呆状，魂在月下蹒跚行。

这如同观画家作画，看他痴傻形容，也似不可思议，一方素纸，几碟色料，疯了似的泼墨，呆了似的细描，勾抹点染挥洒去，喜嗔哀怨案前人，旁人看其是涂红着绿，于他则是在搬青山、摘彩云。

想那政治家们在文件上签字画圈儿，在麦克风后慷慨陈词，其情景之美妙处大概也是一样道理。一笔下去划个"○"，绝非学堂小儿的几何之"○"，此"○"于心目中当是界定一片山河，当是崛起几座城市。举手挥毫之际，眉宇腮额之间洋溢出的应是天地日月之气象；讲几条要领，发一番宏论，抑扬顿挫，轻重缓急，时而举拳过耳，时而单指击案，一定是千军万马胸中起、风云神州眼底来。

于此方悟出世间好多事理的相同相通处。正应了贾平凹先生所言：云层上边皆阳光。

云中牧

这几年我好往山里转悠，发现了一些美妙景致。有时是一片奇异河滩；有时是一面特殊崖壁，上面陷幻着万千风情图案；有时是一条幽静的山径，百鸟鸣啭，藤萝纠缠；有时又走进一处破败的寺院，埋在土石中的莲花宝座，躺在蒿草中的模糊字碑……常常叫人心血涌动，手足无措。这时候总是独坐默想，久久不愿下山。私下里以为所见山川之物，心有所会者，已被我据为己有。为此对"领略"一词有了独特认识。领，占领；略，侵略。美景美物，用目三观：上、中、下，形、态、神，不迁不移，已裹囊中矣。单说奇石一项，就有十三块被我上了记号的。它们藏匿在方圆五十里的林虑山内。这些石头有的以纹理天成，有的用形状表现，有的靠本质显胜，风云笔墨，天开图画。有几次我酒后失言，炫耀了这些财富，朋友以为我置宝家中，执意要来观赏，待我说出它们分别珍藏于某山某岭某河某谷时，皆捶膝大笑。别人讥我痴顽，我却以满腹山川为富，以藏而不露为珍，很是有些得意。可是最近几年的情形有了改变，旅游兴起，人潮涌动，尤其是"五一""十一"放长假，偌大山川，条条路径有人走，满山遍野丽人行。各种因果灵验之说，移花接木之语，配上现代电脑制作的广告宣传，急人们之所急，想人们之所想，应人们之所求，使再幽静的山谷也静不下来了。人向自然进发，自然无处后退。我的那些隐藏的路径一条条被开发了，有些景致被人囫囵吞枣地消费了。当然也还有"千人过处，无人心会"的，但毕竟是少数，况且随时处在有可能被发现的状态。

在这种郁闷不乐又不能向人诉说的日子里，我又开始了新的精神寻找。很庆幸这中间的某一个日子，天谴神助，让我找到了一个更大的空间。确切地说，这是一个山顶。海拔1500米高度，周围断崖绝壁，挡住了汹涌而至的旅游的人流。大多数人带着红尘中的那一颗急切的心，又习惯于在现成的路上行走，好众人之所好。殊不知，某种事物一旦成为众人之好时，已经开始了惰性、劣性的滋生。

那日，我穿过人群，越过群山，从一处两山对峙又互相包含的隐藏石缝中攀援，从山中探出头来，首先惊异的是山顶的广大。在山下望山顶以为是不可企及的，心想即使企及了也是难有立足之地。谁知到了绝顶上却是这样一个一马平川、蓝天白云、芳草鲜美，一个小平原连着一个小平原。事物的复杂曲折全在中间的过程中超越了过程，到了极端状态就又接近于事物原来的状态了。在山顶反而没了山的感觉，但是四下里一望，就感到"唯我独尊"了。以往曾经意醉神迷的条条山岭现在就匍匐在脚下，像乖巧的小虫小蛇；我生活其中的百万人家现在就像小棋盘上的黑子和白子，似乎可以随时捏来捏去。细看山顶的石头也有异常气象。它们本来是从山下长上来的，其本质与山下的石头没什么不同，就因为长到了最高处，情形就发生了变化。山下的石头大都作直立昂首姿态，经常看到一群大石头一个砌着一个，一个比一个高耸，整个表现出"欲与山顶试比高"的架势。山顶上的石头反而都没了这个气势，光光的，平平的，偶尔有高出的地方也被日夜不停的风和无遮无挡的雨吹打、冲刷得豁豁溜溜、奇形怪状。山顶没有高大的树木，有的是一丛一丛的低矮小叶植物。草是非常鲜美，随着山顶的形势，一高一低，一洼一片，相接相连到很远很远。有多种形状和多种颜色的蝴蝶飞来飞去，单只的翩翩起舞，成群的像一阵一阵飘落翻飞的树叶。鸟却很少看到，即便是鸟中之雄山鹰也只飞到半山腰，就停顿下来，开始向山下的人们作鹰击长空的表演。兔子和獾这类小动物山顶上看不到，但听说却有一只豹子和老虎。这两位英雄居无定所，或聚或散，时不时地在山顶上转悠巡视。原来没人知道这上面竟有这庞然大物，是一个放牧者上山后发现的。

放牧者六十多岁，他的羊群由十六只繁殖到了一百只出头。整个山顶是他自由奔放的牧场。他听到过老虎的声音，直接遭遇和面对的是那只豹子。一日傍近中午羊群停在一山包边，他回来拿饭吃。回来时没有任何动静，回去走到半道一望，却见金钱豹卧在山包上，嘴下十米就是已咩咩叫唤、缩成一团的羊群。豹子显然已经看到了牧者，他也已经看清豹子的眼像一对捣蒜臼子，心里胆怯，又无退路，就完全停了下来。对视了一会儿，就见这个庞然大物猛一剪身，换一个位置又卧下来。接着又跳来跳去，甚至翻身打滚。放牧者最突出的感觉是它的腰身特别长。显然它并无害羊、害人之意，似乎是在作表演。以后的日子里接连出现蹊跷事。隔几日的晚上豹子就来到他的石屋外，在石头上一声一声地拍打爪子。后来他把自己吃剩下的饭放在屋外，早起能看到豹子吃了的痕迹。下雨的夜晚豹子会绕着石屋转圈，那碗口大的蹄印踩得很深，好几天后还能看到。放牧者给我讲述这番话时，我心里激动异常。在这方山顶上，我们可爱的山中之王是太寂寞了吧。英雄寂寞时往往也会做出一些扭曲变态之事。

可是，这些事对放牧者却产生了强烈的感染和刺激。他说这甚至进一步推进了他和羊的关系，真正把羊当成了贴心的朋友。半世红尘的种种感慨，故旧亲朋的样样情愫，他一天一天、一次一次地向羊诉说。最儒雅的事是给羊喂盐的场面。他把喂盐的场地选择在山顶的边沿，而且是山崖向外突出的一块，像三面是水的海中半岛，这里三面悬空。在这场地上，他用石板石块垒成数十个石桌，使它们成双成对，横竖成线。每次把羊领到这里，他都要先"开会"，讲纪律和秩序。羊分别到各小桌上吃起来后，他才坐下来，望望山下，望望白云，有时也随意哼几声戏曲。这是给羊补充营养，也是他自己的节日，自己规定，自己执行，自己高兴。我来时不是喂盐的日子，猛然看到这些规则的摆设，怎么也猜不出是什么用场，还以为是什么神秘组织开会的地方，怎么也想不到是为羊所用的。因为，正好在这片石桌的前边，直立出一块自然生成的奇石，很像白宫草坪上常见的那个讲桌，区别只是"桌面"太不平坦。

从山顶下来，我还没有对别人说过这些情形。每日朝阳初升或红轮西坠，侧身仰望，我心里就想，那被绮丽云霞弥漫着的是怎样一个美妙境界呀，便再也不在乎以往在山水中的种种得失。

自然

春色每年都如期而至。本来一直都还是冬天的样子,在北风、在冰雪、在灰暗冷寂中习惯了的人们,突然在某个早晨或者黄昏,正想着什么心事或者干着什么活计的时候,感觉到南风吹面,看到枝头上点绿点红,初以为看花了眼,稍稍定神,就为这突然的"事变"而惊奇了。

其实,光惊奇是不够的。我们人类世世代代的错误,就在于在这个惊奇之后便不作多想,绿叶由嫩而肥,花红由浅而浓,人们就又像习惯了冬、习惯了秋一样,沉浸于春的季节中了。细想想,明白白一丛枯枝陡然挂满鲜艳,黄澄澄一方冷土吱吱冒上绿烟,千年万年,不请自来,如期而至。这表象后面蕴藏着的东西,我们除了惊奇之外,难道不应该感到恐慌吗?

我们有时候张狂得难以自我控制,忽视了我们的一切都包含于天地之中这最明白的事实。天道运行,自有其序,看似无象,正是大象,其精妙准确,非人力千难万难、百般研习而能为之。一树繁花,该开即开,该谢必谢;夏日雷霆,先电光闪射,后满天滚响,不知其所来,亦不知其所住;立秋之日,寸草结籽,千奇百态的果实挂满枝头,吃在口中,苦酸甜辣香，是果实真有其味，还是人口的感觉？雪花飘飞，有形有色，如诗如画，千年万年中的所谓哲人圣人也只能观其表诵其声，而不能知其内、循其韵。

自然之力，无所不在，难以名状，而又表现着诸如花红柳绿之类的万万千千的具体之象。人类如蚁儿，附着于自然莫大衣衫的皱褶之中。我们每个人无论怎样张狂，在自然规律面前都应该自觉地谦恭下来。

关于雪的精神

女儿晨读，起得早，在院中惊呼起来，喊叫说夜里下了大雪。我急速地披挂衣裳出门，见果然是很厚的雪，已使世界完全变了样。昨夜睡得不死，躺得也不早，怎么没听到一点声响？短短几个小时的黑色夜幕里竟发生了这般的奇迹。雪是粉末状的，从天上往下降时，一定像无数只手大把大把地撒白面，肯定还是用了劲抓紧撒，赶着在黑夜消退之前完成任务，给睡了一夜的人们提供一个惊叹。邻居一位老人边扫着阶前的雪边自语着："好雪，好雪呀！"崔家的小儿上一年级，棉鞋、棉帽、棉手套地站在门前，惊讶地望望天望望地，喊叫着不敢往学校走，说："一走就淹到雪里了。"小儿出世以来，雪的经验可能还不多，眼前景观当会留入记忆的最深处，与生命的年轮一同行进。二楼阳台上探出和雪一样白的头来，说："明年等着吃白馍吧！"

在自然造化面前，大家的语言都显得很无力，即便是文人也没有更多的新词汇。"瑞雪兆丰年"说了多少年代，"忽如一夜春风来，千树万树梨花开"算是最雅致的，"燕山雪花大如席""飞起玉龙千百万"之类，算是最夸张浪漫的，但当你真真实实、具具体体地面对下了一夜满天满地的雪时，无论背诵哪一句现成的词句，都觉得难诉心中之感。

我握一把铁锹，从门前阶下开始，一锹一锹地铲雪，想在原封不动、没有一点痕迹、没有一个脚印的雪上划出一条路来。这是一种劳动，却更像在写诗，更像通过雪与宇宙自然交流感情。雪很轻，倒是锹显得太重，使人不忍心拿这样的笨物来和雪接触。一锹锹过来一锹锹过去，黑色的小径在身后特别耀眼，摔在雪上的泥土令人惨不忍睹。我想起道家庄子为什么要用"肌肤若冰雪"来描写不食人间烟火的仙子，想起上帝造雪说不准有两种意图：一是物质的实惠的，润泽万物，催生五谷；更重要的用意或许是精神和象征方面的，雪盖世界，冰砌玉洗，以这种具体之象来抽象地净化美化人类灵魂。试想，无论怎样卑琐、怎样奸诈、怎样内心布满了阴暗的人，当突然面对满目白雪时，肯定也会为之一振、耳目一新；无论多么伟岸高大、多么目空一切的人，在琼玉山河面前也会自觉地谦恭下来，心中涌起连绵不断的美好感情。而且这一种洗礼不是来自同类的某种说教，而是得之于上苍、得之于自然，像我们得益于阳光雨露、得益于山川河流一样的不露痕迹，全在潜移默化而又不知不觉之中，来得最原始，又来得最彻底。

一年一度的雪像一年一度的杨柳和春花一样，实在是我们精神的莫大补充源。春风、绿叶、红花，使我们昂奋，使我们雄心不安。而雪以它特有的方式和形态，传递给我们的多是冷静、理智和阴柔，是一种沉着蓄积力量、冷静分析判断的智者的意象。在人类有了五千年文明后的今天，在到处跳动着狂躁、到处弥漫着浮华的20世纪之末，我们人类或许更需要雪的精神，更需要雪的启迪和昭示。哪一年没有雪，实在是上帝对人类有了极大的不满；哪个区域没有降雪的季节，无论其他方面多么美好，都不能不说是一个莫大遗憾。珍惜雪，爱戴雪，让雪来得更大些吧！

雪上的小路把我引出家园，引向街头。我把目光投向了被雪勾勒出美丽轮廓的城市之高楼和乡村之农舍。无论以往多么喧嚣，此时在我的眼中，它们都像一个个美丽的童话。

灵石

多少年来，多少次回老家上坟，都是去时走那条路，回来还走那条路。今年中秋日我在那块山地的中央拜祭罢祖父的坟茔之后，却怦然心动，非常迫切地想到那片河滩上走一走看一看。其实也就是往南拐和往北拐的问题。往北拐是旧路，是一条两边竖着笔直毛白杨的大路。我这次往南拐，沿着留在心里的小时候拔猪草时走的路线。下去一个陡坡，就来到一片宽宽的河滩上。这是一片才走过汛期巨大洪水的河滩。山洪发时，巨浪排空，河床默默不语，任凭这突然而来的力量在身上奔腾呼号、撕裂拍打。发泄的时间很短暂，洪水过后，却极大地丰富了河床的内容，一窝窝细腻的沙儿像塘里的涟漪绽放在河滩中，满目白石大小不同，形状各异，相挨相挤。洪水携带着它们走着走着突然不走了，它们都没有一点思想准备，所以一床河石就都还是走的态势。这时候太阳西斜，残红落照，满月再有两三个小时就会升起来。整个河床上显得特别静默，千年万年永恒了似的模样。我一个小小的人儿独步河上，凝练、渺小而又崇高，美妙、神秘，迷迷糊糊而又清新明丽，便很想做一件什么高雅的事情来寄托、消受此情此景。这就想起何不寻找一块奇异的灵石带回去供于案头，好经常复苏此时的美妙体验，解我奔走红尘的困倦。

主意拿定，便行寻找。一床河石俱放灵光，我或蹲或站，又敲又拍，无数次获得又无数次舍弃。常常一石在手，左右端详，似乎好又似乎不好，握在手里好大会儿，以为像马、像树、像鸟、像人了，马上又觉得不是，又扔掉，总不能满意而得。苦恼了就在心里问自己：我究竟要找什么？冷静地一问，倒惊讶起来，自己也并不明白要找的石头是如何的具体模样。只是要美妙灵异的，而美妙灵异又是个如何呢？面对一片河床我觉得我实际上只是张开了一张心的网，这张网用美妙灵异的欲望编织，挥舞着去空中打捞，与心吻合的便是个美，便是个妙。而心中的这个美、这个妙又是用了一生学识的积累、全部灵魂的体验来孕育酝酿的，这个积累、这个体验以读过的所有书籍、见过的所有物什、闻过的所有声音为桥梁，而与全人类相通，与人类全部历史相通。渺渺河上，我之寻觅，便有了一个无边无际的宇宙作背景，太阳、月亮、星星、银河……与我共同构织成一幅独特风景。我的行动也不再是个人行动，它代表着屈原、代表着陶渊明、代表着李白、曹雪芹，等等，等等，在这个时代这个空间寻找那一种令人感到美妙感到好的东西。这种东西像老子在两千多年前所言，恍兮忽兮，忽兮恍兮，有形有状而又无形无状，目有所击，心有所感，而口不能言。一块朽木，在有的人眼里如龙如风；墙上斑斑，有人视为云水；月下花影，地上水痕，天上云朵，多少人把它赞颂为至美至妙的大境；平凡水瓶，斜梅一枝，能使客子想见千里佳人。近年来，家居装潢中时兴的建筑材料是自然木板，其纹其理，多有裸女环列之图。心之所想，目之所游，吻合着的，碰撞着的便被灵魂摄取出来，居为美物。

这样想着在河滩走，在河滩捡拾。暮色临近，月华将起时，却真的有了一个收获，一块巴掌大小的石头在端详审视中被选定为佳品，而且真是灵异——它竟然很像我们的圣人孔子老先生。石极普通，砂岩为质，异在形状上：头颅微倾，双手合拢前举，后背圆隆丰厚，杂以花斑花点的整个表面像一件宽大的衣衫衬托出先生正在周游列国、传授礼教的路途中。我端详再三，十分感动，心中为此石定名号为：圣人布道图。

三日后有人从鲁地曲阜来，送我一轴竹编袖珍画卷，张开一看，惊讶异常，竟然是模仿吴道子的"先师孔子行教像"，一幅圣态与我案上的石像形如神似。令人惶惑，不知其所以然！

绿命

冬天来了，满目生机的门前日渐萧条起来。绿叶变成黄叶，黄叶在枝头恋恋地摇颤，然后在风中飘落；枝儿失去了绿叶的打扮，自己也没了信心，便一天天干枯起来，最终只剩下了些经络，在冬日的蓝天下张举着。即使天晴气朗，阳光灿美，也排遣不了大地的冷寂。葱茏的生机、浓浓的绿色、鲜艳的花儿似乎昨日还在，怎么离去得这样迅疾？我徘徊门前，含着泪儿追寻。

突然有一天在一个墙旮旯的杂草枯叶堆里，我发现了一点绿色的光芒。这是一簇叫不上名来的草本植物，形状像蒲公英，又像白菜小时候的样子，厚厚的叶子依着地面开出两层，一点心叶黄黄地嫩嫩地团在中间。我再一次为自然界造化的复杂与神秘所震惊，真感谢这冬天里所包藏的特殊的绿！

早晨出去，我先看看她昨夜是否安全；晚上归来，不进卧室，再看看她是否已经入眠。有这两头的鼓舞和诱惑，整个一天里，无论怎样的红尘滚滚，人事纷繁，心的极深处总闪着一点儿洁净和鲜亮，像一盏灯儿如豆。但是，我始终不敢把这个秘密告诉第二个人，尽管有人可能早已发现，但不经点破，难会有人对这株小生命作如是观。如果去作介绍，反倒显得介意，显得慎重，暴露出关于她的重要来，说不准会招来本可能避免的意外。如此，人来人往，脚擦物摩，相安无事。只我一个人知道在这不起眼的旮旯里有一个伟大和神秘的存在。

一天夜里，睡梦中似闻窗外有瑟瑟之声。初以为是夜鸟乍惊或鼠类搬家，细听不像，那响声是均匀有致、绵绵不绝。连忙披衣开门，原来一场大雪正在放肆地飞舞盘旋。望空中无边无际，如万簇银箭齐来。我最担心的事终于在这寂静的子夜发生，雪已完完全全地压埋了我那圣洁的绿草。雪一向被人们所歌颂，自古以来被当作圣洁的象征，可是此时，却要充当残酷的杀手。我用手捧掉像厚土一样的冰雪，草儿周遭的大叶已被冻得熟烂凋缩，所幸心蕊的嫩叶因了一丁团儿杂草和秽叶无意的盖护，竟还未遭侵杀，用灯光照照，白白雪围中，娇娇嫩蕊，似还调皮地迎笑。我赶忙把大于她几倍地方的雪统统处理了去，弄来干燥秸秆搭起小小的窝棚，里边轻轻塞上绒绒草叶。一连几日，天晦雪淫，满世界白天琼地，正可谓"雪压冬云白絮飞"，而我却知道那点绿色生命还没有灭绝。

翻翻台历，已进入"三九"，这是冬天最沉重的时候。我默念着民谣所云"三九四九沿冰走，五九六九看河柳，七九河冻开，八九燕子来，九九杨落地，十九杏花开"，知道春天已经不远。我相信我动过真情，用了心血的无名草儿，即便到了花红柳绿的世界中也不会失去光彩，反而会因独具一段完整的历史而多一份自豪、多一份娇艳！

石榆

一日，携友人前往山中云游，企图到大自然中去复苏往日的性情。山是太行山，方位在林州城西，峰与峰相望，沟与沟交叉，树木覆盖其背，河流鸣唱其间，远远望去，气象万千。我与友人约定，不走名山名谷，不拜古刹古寺，随心适意由双足，本只想沐浴一番山雾林雨，形放之而心欣然即可。谁知，我们却得到了一份意外收获。

这是一处沟谷，三面是相望不尽的层峦叠嶂，东面放开一个豁口，甩出去一条小路蜿蜒如蛇，勉强无力地连接着山下。我们从这小径上来，一会儿就听到明快疏朗的流水声。友人像被击了一下，才说要急跑几步，却被挂满红酸枣的疙针丛钩住了衣裙。实际上根本不用跑，小河近在眼前，只不过是在沟底而已。这是一条多好的河呀！河床很宽，水却细小，那么一股清清的水儿从千山万壑中蹦蹦跳跳地下来，与一块一块大小不同、冲刷得洁白细腻的石头相游戏，到了此处又开个玩笑，自然回旋，因地就势，形成一汪小小的水潭，清澈明亮，涟漪荡漾，像山姑愁怨时的眼睛或高兴时的笑靥。我们一时都惊呆了，虽为文人，心中有物频频涌动，却难脱口为声，怕惊动了它，那种清，那种静，才是真正的，纯粹的。捧一口吸饮，无边无际的美妙便袭击了全身，好多好多美好的物象一齐都涌到眼前来了。

但是，我们很快就发现，这并不是此河永恒的容颜。从印在河岸巨石的水痕可以想见它暴怒狂肆时的模样。不远处有一座浮桥，不仅印证了这个判断，而且使我们获得了更为重要的妙蒂。该浮桥主体为三根树桩，一头搭在岸东，一头搭在河中石上，再往西是几块馒头状的巨石相挨相挤，大水浸漫之时它们可能是露着顶儿，和三根树桩一起供人西渡。我与友人牵手爬越，才看到浮桥西头不仅搭在石上，而且用绳索绑在一棵树上。树为榆树，房檩般粗细，直直的干，枝条纷披。奇在何处？奇在它居然就完完全全地长在河中的这块大石头上。我们开始不信，上下周遭细察其详，石是红岩石，大如卡车头，有边有沿，凸然而卧，榆树呢，从瓷丁丁的石头正中长上来。为这生命的奇迹我们又一次无话可说，两人搀扶着立在浮桥上，怀着几分虔诚、几分神秘，谨谨慎慎地，一遍又一遍地，探寻这棵石榆的生存环境。

我似乎是揣摩到了一点石榆的"套路"：它是把恶劣的条件尽可能转化成"有利"，把客观提供给它的哪怕一丝一毫的"有利"用足用活，尽力发挥到极致。生命诞生的偶然决定了生命环境的不可选择性。洪荒漫漫，不知何时一片榆钱儿因了何情何故飘落在河中，飘落在石上。尽管发芽困难，但竟发芽了。石头坚硬，那就让它来抵御洪水、来稳定自己吧。你看石头像人工巧布一样的端正平稳，似乎上苍专门为"石榆"营造了一个盆景之"盆"。树呢，长于盆内，已经是非常欢愉高兴的模样；长在风口上，但四个风口的正中间不是形成了某种平衡吗？那就一点也不要弯曲，能不能粗壮暂且不计，先长成直直的干嘛！高了、直了本身就形成了力量，反过来又成为强壮的资本。石头底下有流水，这可是大多数同类难以得到的，那就尽力从水中汲取营养吧。除了肉眼看不见的毛根毛须，连同枝条连同叶儿，一起从水或水的气息中来呼来吸，来感受金、木、水、火、土的运作，来弥补生存条件的其他缺陷吧。是啊，瞧瞧四周，比你伟岸、比你高大的树比比皆是，有的正挂满果实骄傲地笑着，有的挺着鼓鼓的大肚向外炫耀，有的用巨大的树冠覆盖和占有了过多的生存空间，任由小草小树在其下萎缩凋零。从"绝对值"来讲，你不是林木中的大英雄。

　　上下抚摸，周遭徘徊，我赞美石榆的睿智、顽强、能量，也感念起它的委屈和悲伤，竟然想起，我莫非也是一棵"石榆"？浑浑尘世，渺渺运行，四十年前的一个黎明，红轮未起，金鸡啼晓，一粒小生命悄然降临在大山皱皱褶褶的襟怀里。父母未敢望其成龙成凤，惟盼成活长大，取乳名"门墩儿"，念墩厚、耐损、久长之意。少时随祖父学锄，模仿手脚动作，更听他劳作时哼出的一句半句古戏文；稍长，随作卖油郎的父亲走村串乡，从那一阵阵梆子声中知道了什么叫世态炎凉；进入学堂后，虽说是知识荒废的岁月，却不知从哪来的启示和动力，硬是在巍然漠然的知识大山的表层上，拽一把芳菲，掬一捧珠泉，乐此不疲，三块泥砖支起一口砂锅，几把荆柴烧得凉水沸腾，随着一碗红薯清汤的肠胃旅行，唐诗宋词、李白、杜甫、欧阳修、王安石、曹氏三父子《红楼梦》等枯燥的文字符号便溶化在脑海里，在生命的年轮上绽放出鲜活的美丽花朵；待步出山村闯世界，已是"心有千万里，狂气傲九州"。如今几十年过去，回首望来路，却发现其实并未走多远路程，茅屋犹在，山村可见，跌跌撞撞、歪歪扭扭，留下了一行脚印而已。环顾左右尽风华，病树前头万木春。观望怀想，便生出无限的悲哀来。悲哀至则忧郁生，忧郁生则情性惰，情性惰则心壅塞，心壅塞便表现出浮躁不安之种种具象来。现在面对了"石榆"，我如释重负、浑然天开。

　　问题是，扪门自问，我不如"石榆"。"石榆"的可贵在于它把客观提供给它的条件发挥得美丽动人，而我只停留在怨天怨地的水平上。实际上，每一个具体生命只要把自己不可选择的客观条件主动、智慧地利用好了，也就与宇宙自然吻合了、协调了，那就是个"恰如其分"。也便没了不安，也便清静了，小则小矣，而风华尽现。

做不了大材大木，那就再努一把力，去做一棵平凡而奇美的"石榴"吧！

伤残的葡萄

它最初和我交缘时只是一截断根，筷子般长短，拇指样粗细，很不规则地横生斜出，根须极少，似乎就是光秃的。当时还很小的二弟手持着它，从街上跑来为我祝贺迁入新居。新居外那时一片空地，建筑时留下的残砖破瓦满目狼藉。二弟说它是一株葡萄，会给门前带来绿荫。我将信将疑，匆忙间拿在手里看了看，并无多想，更没想到我这一拿竟铸成了一个历史性的时刻，标志着一个人与一株植物之间感情交往的开始。

埋在土里没有很久，绿叶便举上来，新枝便抽上来，几个月时间已是青条纵横、浓荫纷披。从此，屋门之侧，南窗之下，便有了一处生命。每年春节过罢，节日的余味还没有散尽，门框上的对联仍鲜红鲜红的好看，一方冷土之上的葡萄架就从灰黄的冬色里显现出浅浅的绿意。小蛇般的藤条粗看仍然耷拉着，休眠着，往近处站站细瞧，已洋溢着憋不住的春天的力量。很快，一根根藤条就挂出一串串绿叶，弯弯延延，相勾相离，三月的灿烂阳光里，数这一架葡萄绿得最浓，绿得最鲜亮。夏日，我常常受不了雷雨对葡萄的打击，乌云速来，天昏地暗，电闪雷鸣，倾盆大雨中，葡萄像一个可怜的农妇，披头散发，衣襟扯裂，呼天号地痛哭着，好像很丧元气。雨过之后，却发现它并不那么娇嫩，藤条一根也没折断，就是叶儿也极少被打落。扶起架正之后一两日内即新鲜青翠。看似惨烈，实际是它随弯就势的一项自卫措施。夏季的大部分时间里，葡萄架都是一把稳定的大伞，如火烈日下，它遮起一片阴凉。我奔走红尘，冒汗归来，远远望见绿架青藤，心中先有凉意生出，往架下的石条上一坐，顿时心清体爽。人忙活时，青藤下便作了鸡们的乐园，红公鸡、黑母鸡一看没人，就从太阳地里"呱呱呱咕咕咕"叫着碎步跑来，在细土里打凉窝，有时还顾得上谈情说爱。这架葡萄表现最浓的诗意是在秋季，秋季又有两个时日最美。一是旧历七月七日的晚上，牛郎织女渡河汉。一架青藤似乎成了与男女爱情有关的美物。再一个时日是中秋节的晚上，家人把平日用餐的饭桌搬到架下当做供桌，上面摆上月饼、黄梨、核桃、山里红、金黄谷穗等，三炷高香，两炬红烛。我携妻女静候其旁，望天上玉盘款款走、人间清辉遍地银。最美当是明月透过葡萄架在地上筛落的斑斑丽影，如写如画，看着静止不动，不待一炷香燃完，丽影已移步换形。冬季到来，万物萧条，花草归隐，但我的葡萄架因为有筋有骨、有势有形，反倒表现出另一种气象：大枝小枝，没了叶儿，如臂如腿，交错盘绕，其形其势，酷似龙虎争跃。

青藤挂出一串串葡萄果的时候，竟然有些意料之外的感觉。因为在我的意象中，它就是一架青藤，它就是一团蓬勃昂扬的生命，意识深处未曾要求它结出果来。但是，面对了它一嘟噜一串串由青而紫的果实，我立刻就想起这是它生命的原本之义，只是我平日的思维太有些抽象了。这使我联想起我曾经很浪漫的青春，不知天高不知地厚，不知山高不知水长的年龄里，根本就没想过人生的有限和生命的结局，似乎生命一直鲜活，世界永是绿色。那葡萄的果实很响亮地提醒我，在它的绿架青藤下，我青春已过，由为人子而为人父。我之父双鬓已白，我之子黄发垂髫，生命之树在新叶摧陈叶中行进着亘古不变的演绎。想想年近不惑，我仍两手空空，无一建树，这才很羡慕地注意起葡萄的果实来。那葡萄一颗颗地看，个大色鲜，裹着晶晶莹莹的皮儿，很像美女之目，丰硕紧凑如一堆堆玛瑙。有时候在架下独坐，默思冥想世间诸般生物、植物生命深处的奥秘，十分惊叹葡萄如此这般的生命形式和表现状态。春何以发？秋何以果？果何以累累美妙如人工之巧设？逢有宾客来，必先指葡萄以炫耀；向远方朋友介绍，信中总写葡萄架下是我家；走亲串友，常提一嘟噜葡萄，听到亲友赞叹葡萄好，比说我某篇文章好还高兴。

　　但是问题也就出在这个"好"上。邻居见我们从葡萄上获得了这么多的好处，不知在什么时候也养上了一株葡萄。遗憾的是低劣品种，秧长叶薄，果实小，味道酸苦。勉强嚼到最后，剩一嘴咬不烂的厚皮和核籽儿。错就错在这样对比鲜明的两架葡萄不该长在一起，如果长在远山，说不准会以野味之奇博得某个丽人一笑，更严重的还在于两株植物不晓世理，都不甘示弱地疯长，没用多久就互相纠缠在一起难分难解，这就为最终的悲剧埋下了伏笔。邻居在这种不平衡中忍耐了两年，今年秋色正浓时下定了根除那架葡萄的决心。我看着邻居动刀动剪，长拉短拽，满以为我们的葡萄会从此挣脱纠缠，获得一个更美好的生存空间，谁承想两个体系已经合而为一，利刃之下，劣优并毁。待邻居连根带藤清理完毕的时候，我的葡萄也仅剩下了几条光秃秃的主干。百般无奈之中，我们全家研究起拯救它的方案。我用手把那光秃的干条一条条理过来，如同摸着一根根伤残的手臂。一处处挨过刀剪的地方，吱吱地往外冒着水泡儿，我知道这是它生命的血浆。几日之内，这液体溢流不止，由稀而稠，由晶莹而灰黑，在藤干上结成一片片"血斑泪痕"。

　　人们都认定它生命的能量已经散尽，担心明年春天也不会再吐绿了。就在人们这种唏嘘叹息的常规推论中，它却爆出了奇迹：在旧历十月初的冬寒里，它不仅满身又挂出了绿色的小伞，而且还梅开二度，甩出了两嘟噜小小的葡萄串。为这从生命的断绝处闪出的奇异之火，我又一次十分地感激起这架葡萄来——你曾经教给我在顺境中如何浪漫、如何繁华；今天又启示我，即便误入逆境，也要冲出重围，用全部能量开出生命的灿烂之花。

山崖之树

脚踩着千人万人、百年千年磨明了的石板路,从太行峡谷的底部往山顶上攀,半晌工夫,人至山腰间。这山路一寸一寸地走时,要付出一身的热汗,把每一截距离都看成征服的对象,并没多少美感。此时回首来路,却见气象万千,路本来是如蟒如蛇的,因山势陡峭,由上望去,一段一段的,现在都叠到了一起,成了一个奇特的平面,直叫人迁思妙想,红尘里、精神界的好多美好事物一齐都涌到眼前来了。豪情鼓荡,无以排遣,便吟哦起李太白"脚著谢公屐,身登青云梯,半壁见海日,空中闻天鸡"的诗句来。朋友见我盘桓,眼迷手乱,知道已入狂态,便催促赶路,说着就超出一大截,站在高处向我喊话,说那里长着一个稀罕景致。

原以为是朋友哄我快走,近前去却真的就被吸引住了。只见齐上齐下的一堵红岩石壁上,凭空横伸出一截树木。它的长相不能简单说是树,也不能简单说不是树。估计是上百年的造化了,石头里边钻了多长多大,看不出来;单就伸出来的看,像旧时农村绞水的辘轳头那么粗大,长度要顶两个辘轳头,但不像辘轳头那样通达顺利,鼓鼓突突,如结如瘤,憨厚壮实,有特别硬、特别瓷实的感觉。它横着的身体向上举着一丛嫩枝干,细条条地像时髦演员火把样的发型。从伤伤疤疤的痕迹上看,这些枝条是每年生一次,山风飞石、残霜酷雨就及时地毁坏了它,剩下的精力就往这骨墩里憋,所以这截母体越长越大,虽然不成树、不成材,奇形怪状,却表现了无法理解的力量。我们清楚地看到,由于它的生长,这堵完完整整的石头山壁裂开了一个十字缝,一点一点被裂开的痕迹很明显,张扬着软木克硬石的志气。它旁边的岩石上配以美妙的自然纹络,一道一道的云水图案,波飞浪卷的样子;一个圆圆的白色印痕就像云水托出的红日,很像旧戏舞台上清官身后的画轴。树木生长于何时?图画演成于何时?我宁愿想成树木在先、图画在后。石头先是抗拒禁止种子的发芽。劫波轮回几世几遭,这一颗种子因缘而生,本来是要像其他树木一样生长的,由于石头的限制,便不长树了,不成材了,不合树木之规律了,就往内里长,长瓷实,长坚强,往大里长,找薄弱环节扩展,长成一个奇异。石头开始惊讶,继而屈服,被破坏得龇牙咧嘴,这才彻底转变态度,吸风汲雨,演写图画,衬托树木的美丽,为树木做招徕广告。这层峦叠嶂、人迹罕至的群山之中,必定录制着这山石、这树木的精彩对话,只不过物类相隔,我等又是凡夫泥胎,无力开启自然界的神秘机关。

朋友在一旁拊掌而笑,问我今日为何这般模样,一会儿癫狂,一会儿痴迷。我感慨在胸,又觉得无从说起,拍拍朋友肩膀便欲上行。走几步又退回来,立于原处,注目山水,少顷,闭眼。然后再注目,再闭眼,如是两次而离去,自以为眼睛按了快门,完全发挥了照相机的功能。

初夏

桐花又开了，杨树叶又肥又宽了，本来光秃秃的枝头突然被密密的绿叶所遮盖。太阳的颜色也变了，成了金黄金黄的颜色，不像春天的样子，有些红晕，让人感到暖意。自然界要推进一个进程，是不用人们为它操心的，说变就变了，到时候就变了，而且全方位都变得协调起来。但是如果留意，痕迹有时还是能捕捉到的。前几日在长长的余春的气息中，突然刮起风来，轻尘弥漫，看不清太阳，风带着些热浪，刮天刮地，刮这刮那，把人的心都刮迷糊了，只觉得身上燥热，上班的第一句话，都是说昨夜不知啥原因睡得很糟糕。城里的几个澡堂天天排着长队，人人都觉得身上脏得似乎有了重量，却不知道这就正处在季节变化的节骨眼儿上，通过这个特殊过程，猛然就将你送到了一个新的季节里。

其实，天空的云，地上的绿，房坡上的瓦心草，墙角里的蒲公英，都和去年里没有什么两样，但是就感到突然。回想一下每年都是这样的心情。夏天想不起冬天的情况，春天想不清秋天是怎样的。想到的也只是些轮廓和典型特征，那种细致的感受很难完整地唤回来。以至于常见一些人，骄阳下说自己最不怕冷，冬风中又说自己最不怕热，拍着胸脯，吹得面红耳赤。想一想每个人的一生中亲身体验春夏秋冬总共也就几十次。未成年时，只是睁着一双惊奇的眼睛，一切都是现成的，一切都是理所当然的，春花、夏雨、秋叶、冬雪，甚至来不及细作欣赏，就被那一腔盲目的人生豪情裹挟着一闪而过；待理智上透出点缝缝，想要留心于自然界伟大变化时，一颗心已是极度疲乏，季节与季节之间虽然很短促，但红尘滚滚，一颗心爬过这段距离，要磨出多少老茧，充填多少土石？在风雪中跋涉着，马上就要望见杨柳枝头的绿了，还没有一点心理准备，更不用说细致地记起去年的春色了。来了认识了，走了又淡忘了，再来了又似曾相识，一代一代的，一年一年的，永远新美如初，大自然便成为人类永远也读不完的经卷。

墙角的小杏树像被蒸了几天一样，突然间红颜褪净，成了浓浓一头绿叶，叶儿极碎极小却密密细细，已经看不到树枝粗糙的皮肤和针针刺刺了。站在树下，仰起头来，用心寻找小杏果。想不到花木本来是很浓很肥的，鲜鲜亮亮的一大蓬，孕育成果实的却很少，稀稀疏疏、零零散散地混淆在叶儿中间，几乎辨认不出来。想数一数共有几颗，又数不清了，却发现了一个小景致：一只只保留着腐朽残壳的知了仍然卧在枝头。在秋尽冬来时，它怎么能坚持成如此的死象？它留下了夏的炎热、秋的苍凉、冬的残酷，现在一个轮回过去，它仍然站在绿叶枝头。虽然它已经死成完全的炭黑色，但它身上蕴含了丰富的内容，它已经不是一只知了了。

弯曲的竹子

十年前，我迁住郊外新居。针对当时宽大空阔的院落，朋友送我一株青竹。竹子只有拇指般粗细，却是翠绿通直，叶枝摇曳，更叫我喜上心头的是它竟然来自千里之外的长江边上，是朋友托人通过拉货的卡车运来的。昨日长在水乡南疆，今天却到了完全别样的中国北方。这株孤单的竹子能不能存活下来？我高兴之余又生出一些忧虑。

肯定不出读者所料，几年过去，它不仅活了下来，而且茁壮地生长起来，繁茂地滋生开来。在我院南墙下，一片竹林翠，萧萧风声起。太行山脚下的这个小院，悠然有了南国的风韵情致。可以说我四十岁以来的精神生活是在这小小竹林下度过的。过去喜欢竹子，说实话多是出于概念，前人说好，别人说好，也就附庸风雅用语言赞颂竹子。但是真正与竹子生活在一起了，对竹子的理解和看法才深切起来。

这就像你远望一位美人和与这位美人并肩同行，感受肯定是不一样的，后者的不同点就在于真切、细致、具体、独一无二，不可言喻。就说竹子破土而出这个细节吧。它确实是叫你看不到过程的，也没有痕迹和表现，出现了，进入眼帘了，就已经是完全的竹子了。过去说晚上可以听到它拔节的声音，我蹲在林下试过几次，好像它是悄悄生长的。还有它的成长状态，是有高度智慧的：出土以后并不展开枝叶，而是用一层土黄色的胎皮紧紧包裹着，一株直干，只在顶端露出一个锥子一样的尖锋，用表面上普通朴实骨子里尖锐犀利的策略来排除空中的阻力。直到长够高度，才很从容地抖落外衣。这皮到此时就像冬后的棉衣，一片一片地剥落下来，露出里边一截一截的竹节。这时候最叫我心动的，是它刚刚露出来的颜色。怎么来描写这种色呢？在脑子里翻来覆去找，还是不能确切，只能勉强套用"绿色"这个词来说了。但这种"绿"，绿得干净、鲜嫩，叫人生出无可言喻的美意来。再高明的画家无论怎么着色也不会调配到位的，那真是一种到了极致的崭新的颜色。再一个是它拔节的那种均匀，像是完全计算好了的，在一根竹子的身上，上一节和下一节绝对相等，"节骨"处又是那样的分明，一个"节"处像一个黄色的金圈系在上边，特别是每年的新竹子长起来后，绿黄相间，节骨分明。还有竹子的枝叶也不完全是画家画出的那种，而是伴随着"胎皮"的脱落，竹竿上会很及时地甩出一个小卷儿一个小卷儿来。很快这小卷儿会展开来，小枝小叶抖落开来，由下而上向外依次展开，一株完整的竹子便风华毕现。说竹子是君子，有气节，在他生长的全过程里确实是有细致体现的——通直清节，疏密有致，既有铮铮硬骨的框架，又有萧萧生风的雅气。竹子的种种美好，在无数个日子里滋润着我的心智。每一株竹子的诞生总在我不同的俗世情态下为我带来欣喜。每年四月到五月，春雷夏雨过后，每个早晨做的第一件事都是在各个角落里观察有没有生出新的竹子。我有时候会和妻子互相呼唤，比赛谁找到的多，有时候正好有朋友来访在墙外听到，往往弄得他不知所云。

但是触动我要写这篇文章的却不是这些面儿上的感受，而是竹林中出了一株特殊的竹子。这株竹子出生在一块大石头下。石头有半张炕席宽大，厚度应有半尺，支在院里当饭桌使用。看到这株刚生出的竹子，妻子和我有不同的想法，她觉得反正也长不上来，又看着别扭，把它拔掉算了。我的想法则有些微妙和复杂：最坏不就是长不成吗？先看着它长吧！便阻止了对它的毁坏。却不知，这一保留，保留下一片大风景来。你肯定猜不出它是怎么长的。我现在也只能粗略勾勒一下它的生长形态。它长到还没有完全挨着石头的时候，就提前弯下腰来，并且看那形态好像还后退了几步，头贴着石头底下的表面横长起来。这一截应该是顺利的。临到石头边沿时，它又弓了一下脊背，使头向下弯去，出到空中后，则完全地竖起来向上生长。这中间一"弯腰"一"弓脊"，使得它有力地实现了转折。向上长出来后又恢复了竹子的原貌，只是它不会像其他竹子那样身躯高大了。论高低它只是其他竹子的三分之一，但是论能量应该是不可比的。它的风景在石头下，在骨子里，在精神深处。

　　作为这个小院的主人，现在最让我得意的是这片竹林，竹林中最让我得意的又是这株艰难的弯曲之竹。我甚至想象着等它枯老时，我要把它完整地取下来，像一张弓一样永远挂在我的书房里。

难舍荒园

在城市的热闹区域有了我的一所新居。去看了好多次，整个是一个新档次，房顶有房顶的美貌，门窗有门窗的巧构，回墙曲廊，流波含光。亲戚朋友见面无不催喝乔迁之酒。我心里兴冲冲，美滋滋，想二十年来从乡下人到城里人，从时间短的城里人到时间长了的城里人，像一滴孤立的水汇入了城市的人流中，成为这个城市看不见摸不着而又随时能感觉到的社会网络上的一个扣结。崇高也好，庸俗也罢，岁月在其间无情地冲刷，一双乡下人的眼睛里摄取了多少灵魂的真实框架和心灵的具象形态呀！我再清楚不过，在此间拥有一座美宅会加重多少人生砝码。对于新居我应该说是心向往之。谁知越是临近了预定的搬迁日期，心里却反而踌躇起来，在旧居前环顾，在屋内外徘徊，一草一木，一尘一埃，物物什什，杂杂碎碎，无不如伸手擘、拽我衣衫。我是真真实实不想搬移，不想离开我这旧房子了。

这座旧房子在市郊的一个偏僻地带，有主管又无主管，住着的户主多为从农村进城不久的人，工作单位和干着的职业又杂然相呈，干部有，小贩有，全家吃商品粮的有，半商半农的有，坐汽车的有，骑自行车的有，蹬三轮、驾摩托的也有。虽为单元楼房，却无一般城市住宅楼户户门窗紧闭、老死不相往来的怪病。楼上楼下错门对户，探头露脸你呼我应，似为一个大家庭。而且不问职业，不求利用，概出之自然，皆为本性。下水管道堵塞了，下层用劲咳嗽一声，上层的大爷大嫂、侄儿侄女就会一桶一桶地提着脏水来楼下倒，而且自然就会有人默默地上下蹲腾、爬高摸低地来修理疏通，全不讲谁家出力多了，谁家出力少了。小孩与小孩对门跑玩，高兴着突然某小孩就在某小孩的头上来了一拳，"啊"的一声乍哭，伸着两只面手的母亲从厨房惊跑而出，有理没理却总是先在自家孩子身上拍个白手印。谁家来亲戚客人了，没开水就到对户去提暖瓶。中午做饭一阵香气从东边飘来，西家的婆娘就会尖着嗓子喊嘴馋，一会儿工夫，满碗炖好的排骨或烙好的香饼就会端过来，哈哈笑过一阵，两个年轻的女人你拽拽我的裙子、我捏捏你的衬衫，论长说短，比美比艳。谁家姑娘出嫁、儿子娶亲，就在楼外的空地里支一口大锅，整筐的碗筷，满锅的饭菜，大人小孩，你来我去，叫上名来的叫不上名来的，只要是大院里的人，尽管来吃，晚上必有一场电影在楼中间放映，影幕前影幕后都站着人，多是喜剧片，幕上幕下笑个不停。那一年陈氏老妇病危，在医院的病床上念叨着一生一世留下印象的人；将去之时，一把将对门邻居拽到跟前，老泪干涩，强作耳语，竟将管教儿子等最重大事宜相托付。病室之内，阴阳之间，老妇耗尽了精力的干瘦躯壳和没有了光泽的一头白发引得前去看视的大院中人一片哭声，非应酬，不做作，由人及我，真情难禁。

园中空地没一片浪费，被各家各户自觉平均分配，耕种为"井田"。老少不同，祖籍不同，种地技术水平不同，致使小小方格之内，成为各自演化美学的旗帜。惊蛰过后，杨絮飘落，工余饭后，楼前楼后一片锹锨叮当之声。活儿不大，却要全家出动，掘一锨不掘一锨不要紧，要紧的是以这小小地块为载体，来滋润婆媳、父子、祖孙那一脉世代相传的亲情，来复苏体验对离开了的家乡的那一片土地的怀念难舍之情。不计水平高低，大家总都认真，扑嗦嗦的黄土被梳理得如同手掌上的纹络。然后就在上边点瓜种豆，春芽儿滚出来，青秧条爬起来，红黄花儿放开来，一畦畦，一行行，既规则又凌乱，长满了各家各户新鲜美丽的希望。千年老农的手段和现代科学家实验室里的方法相交相融，修枝打杈、浇水施肥，各家各户暗暗比赛着。朝霞中，夕阳里，在地埂上闲步漫步，伸腰伸腿，指指点点，言言语语，都在评说着谁家的蔬菜长得好。熟透了的果实往往会被主人摘下来在院里大呼小叫，最先分发给年老、年幼者享用。

园中至今还保留着一座坟头，逢年过节还有人来焚烧纸钱，院中的人见了大都远远望着，并不言语，也猜不出这地下埋着一个什么故事，照样站在坟头上说笑，在坟头四周种满了能扯长秧的南瓜。在这坟头的一角，我曾目睹过一个奇迹。那是一个夏日，是傍晚了，天空却还异常明丽，西半天上羊群一样的云朵都被镶上了深红的边色，宏阔高远，无缘无故地使人想到有什么美好的事情要发生。乘着这一种心境在坟头周围的硬地上漫步，一脚却踢开了一窝生动鲜活的生命：硬硬的地皮被掀开一块，里边一窝小蚂蚱，密密麻麻搅在一起，分不清具体数目，单看一只只却像模像样，都在加劲挣脱相互的束缚。我没学过生物学，对这类昆虫诞生的方式一无所知，但此时此刻非常神圣与壮观，使我想起《西游记》中孙大圣从石头中诞生的胜景。再看那一窝生命，鼓起来的珍珠一样的小眼，精致绝妙的小翅膀，嫩嫩的已经有了浅浅横纹的小尾囊。更奇的是这半个拳头大小的窝窝下，似乎有爬不完的小蚂蚱。它们生命的孕育经过怎样的方式，跨越了多少路程，带着多少机缘、多少信息，在此时此地此情此景下显露于世，各奔西东。那年夏季全院草丛中蹦跳的蚂蚱肯定有不少是出之此国。这一时刻的情景长留于心,开我幽思妙想之门。这方荒园里,每时每刻有多少生动的事件发生呀!天空里、地表中,生物、植物,看得见的、看不见的,自然的进化,生命的繁衍,无时不有、无所不在地行进着。大大的又是小小的人儿该怎样珍惜作为生命的这一段机缘?!住在荒园里似乎和生命的真理更加接近。

春天园中有纯自然生长的花草,每年准确地让你体验一次"草色遥看近却无"的诗意。绿草由嫩而肥,由零碎而蔓延,顺着春天的脚步,你的思想可以越过尘嚣与无边的自然相接。每年夏日的满天闪电和滚动的雷声,都可以使你在惊惧之中对自然法则怀一份敬畏和谦逊。无边无际的雨帘横空而排,如倾如泻,天与地以这种方式进行着独特的对话和交流,靠着门框,倚着窗口,仰望苍穹,可以想到三皇五帝,可以想到大禹治水,可以再往前想……更重要的是在日渐迷茫的人生旅途上执着一份古老的纯粹的情怀。秋风中满园最有古意,同时也最能提醒你生命的要义是要有所结果、有所奉献。哪怕是脚边一株蒿草,春夏里张狂也好渺小也罢,到了秋日或多或少都要把一个小小的果实举出来。包括爬在窗棂上的牵牛花,趴在墙头上的锯锯草,绚丽过后,也都归结凝练出了果实。秋风一吹,草木萧萧,满园甚为荒凉,但此时是最为丰富的时候,只要留心,处处会给你具体而又深刻的哲学启示。冬日降雪园中就更为美妙了,妙不在"飞起玉龙三百万"的壮阔,不在"雪压冬云白絮飞"的严峻,我最可心处是大雪稍停,自然万物被雪勾勒、打扮过的情景,墙头上,瓦沿边,一草一树,一物一什,都被雪浸埋了。丑陋的不丑陋了,疲劳的不疲劳了,一律都在雪下酣睡或梦想,多美好呀!如果再猛然有阳光出来就更妙:你眯起眼睛瞄准田地里,或隆或陷或高或低,皆平缓舒坦,丰润高洁。那曲折玲珑处,那稍稍能看出来的明暗不同处,是怎样的能够解你奔走红尘的困倦呀!

真是春夏秋冬四季好，满园无处不生情。

包括那建在大园一角的公共厕所，也是一处美妙所在呢。单元房里虽有厕所设施，但实实在在使用者甚少。蹲厕解便也成为大家交流信息、沟通感情的一个机会。从不同方向通往厕所的小路被踩得精光发亮，常见到仨俩人儿在小路边驻足兴谈。特别是你在红尘中奔走一天，于夜色里虎蹲于厕，繁星在天，胸无杂事，力用一点，听墙角蟋蟀叫唱有声。当此之时，你完成的岂止是生理上的新陈代谢？

荒园好，荒园好，荒园荒凉的是物质，兴旺的是精神。我知道我的这一种情感太古老，等我搬进新居，适应了那一份窄窄天空下的严谨、水电冷暖设施的方便，还有那人工建造起来的丰繁华美之后，也会嘲笑自己当初的这一份情感。但是，现在，我还是难舍荒园。

第四辑

云儿

云儿家不在大村，在大村背后的一个山台上，孤零零一户人家。云儿家原来成分不好，虽然后来摘了帽儿，但还是影响了云儿父亲的婚姻，直到三十多岁才娶了一个哑巴，生下了云儿。小时候看不出来，越长越显出漂亮，到十七八岁时真像一朵鲜艳的花了。云儿自己还未觉醒，并不知道别人眼里的自己。由于路途远，她上完四年级就不出门了，整日跟着父亲在地里玩耍或帮着干活。地就在家门口，顺着山坡一溜，一小块一小块，全是土薄石厚的山地，每一块地头都有一堆耕种时捡拾的石头。有些活云儿能帮上手，比如播种小麦时要先打畦，云儿就管端着铁锹撒白灰线，双手抖动，弯着腰从这一头到那一头，父亲蹲在地边喊话，让她向左向右。然后父女两个再共同拢土打埂，把麦粒种入土里再用铁耙子把每一畦打理得平平整整、漂漂亮亮。不用几日，青翠翠的麦苗就挂着晶莹的露珠长上来了。还有点种玉米，也是云儿能帮上手的时候，父亲挥锄掘坑，她紧跟着父亲，从柳条筐里捡起两三个玉米粒，一次一次地扔入坑内。两个人很少说话，说也是父亲偶尔埋怨云儿把玉米种扔到坑外了，云儿也不搭理，弯腰拾起来再点入坑里。他们浇地用的是从山上引来的河水，雨季水大，他家只用一点点，水从地边转一圈就又流入山下河道里去了，想怎么用水就怎么用水。可是到了旱季，引水很困难时，就得十分珍惜，父亲让云儿蹲在地边看水头，浇每一畦时，水一到地头父亲就及时把水改到另一畦里去，即便这时云儿也不说话，只是站起身来用手指朝下点几下。有一次很例外，父亲从门外回来就高声喊云儿，她从屋里出来后，父亲又拉起母亲，三人一同来到北边山沟里。父亲指给她们看，原来一只山獾夜里从崖上跌下来死在了这里。獾很肥，明亮的皮毛，黑颜色。父亲高兴地说，够半年吃了，还说骨头可以熬油。母亲不会说话，这次张开嘴大笑却发出了响亮的声音。她和母亲把獾抬起来放在父亲背上，三人高兴而归。还有一次父亲也很认真地跟她说话，他们家种茄子的地边突然长出了一棵女贞树。山上本没有这种树，可能是风从山下城市里刮来了种子。开始以为是棵家槐树呢，等开出花来一看，才发现只是树枝和叶子与槐树相似，花就完全不同了，淡黄细碎，一股香气。父亲对云儿说，这是贵重树木，过去只有富裕人家院里才种，它的果实是很好的中药。还有就是几只喜鹊在天空追逐翻飞，打得不可开交时，父亲也会仰头呼喊呵斥，为它们扯架。有时突然就落了一地好几种颜色的花鸟，跳跃、振翅、鸣叫，云儿就跑过去把它们赶跑。

云儿的美貌第一次被外人注意，是父亲不在家的时候。除了种地，父亲还有一把手艺，编筐打篓。他用山上荆条、柳条，包括一种可以长几丈长的细藤条，经过简单处理后垛在门道口，农闲时就坐下来编织成各种各样的物件，大的小的、圆的扁的堆在屋里，抽时间就担着下山到集上去卖。父亲这一天临下山时交给云儿一把锄头，要求她在南墙外玉米地里锄草。她正在低头锄着，听到有人的声音，一抬头就看见几个人已经从山边的小径上来到了她面前。都是男的，其中一个年长者梳着大背头，另外几个年轻的跟在身后，附和着他说话。大背头问："小姑娘，多大了？"

云儿没吭声，低下头继续锄地。听到年轻人中有人就说："别害羞呀，我们不是坏人。"

又一个说："这是我们局长哩，是个大领导，有话问你哩。"

云儿提起锄，扭回头就要往家走。大背头紧赶几步走到她跟前："我们真不是坏人，我问你愿意不愿意到县城当保姆？"

云儿抬起头本来是要用怒目看他的，却见这个人面色确实很和善，笑盈盈的，声音还没有那几个年轻人高，就放下脸来回了一句："不就是给有钱的人看孩子、洗衣服吗？"

"也不能这样说，互相帮助嘛。"大背头说了一句，其他人就又说："局长看你漂亮，又是山里朴实孩子。在城里有人想干还不要呢？"

"你要有福气哩，在局长家几年，以后还愁没有好工作吗？"

云儿听在心里，嘴上不知怎么回答，望着他们笑了一笑，还是快步回家去了，隔着墙就听到他们中有人说："这姑娘天生的美丽，如果再穿一身好衣服，把头发向上拢起，稍一打扮，怕要压过县城所有美女哩。"

她站在院中，手里还握着锄头。有一个人却进到她家院里来了。这人将一张纸条塞给她，说："跟你家大人商量商量，想好了，按照纸上写的地址去就行了。"

父亲这日回得很晚，卖完了所有的箩筐，像往常一样坐在灯下数钱，不一会儿就斜靠在炕上睡着了。到第二天吃了早饭，云儿才拿起纸条让父亲看，并且说了昨天的情形。父亲一时就愣住了。心里想，果真是这样倒是个好事，可是又拿不定主意，扛了把锄头就出门去了。他并没有到地里干活，而是把锄放在地头上，沿着弯曲的小路下山去了大村。他挨着问了几户亲戚熟人，特别是有一家亲戚的儿子在乡里当林业技术员，消息更灵通些。大家都鼓励他让女儿去，他也就下了决心，并且还商量第二天就让亲戚家的一个年轻人用自行车送云儿。父亲和云儿一晚上都没有睡好，不会说话的母亲也一直不躺下休息，靠着炕头半躺半坐，不时地拍拍父亲、拍拍云儿，两手在面前一合一分地比画。好不容易到了天亮，却下起了大雨。下雨也要去，所有人都没有犹豫，云儿打着把黄伞坐在自行车后座，那个骑车的年轻人把一块大雨布披在身上，在上边弄出几个小孔，露出眼睛、鼻子和嘴巴。雨下着，风刮着，他们按照纸条上的地址找到了那个小区，找到了那个胡同，找到了那户人家的门牌。然后年轻人退出来，只留下云儿在门外。她一只手拿着半开半合的黄伞，一只手轻轻敲门。门子是铁质的材料，紫红颜色，大且厚，发出的声音沉浑而不响亮，敲敲停停，停停敲敲，好大会儿，门才打开了，出来一位白白胖胖的妇人，一看到云儿就说"快进来"，来到了过厅内，见云儿手上拿着张纸条，就笑起来，说："你是山上来的吧？"马上又说："你昨天为啥不来呢？"边说边就到了一楼的阳台上。透过宽大的玻璃窗，云儿感觉好像望不到底似的，迷迷离离地能看见屋里的电视机、沙发靠背，还有贴在墙上的一大幅图画。这位夫人告诉云儿昨天家里已经来了一位保姆，正在楼上擦地呢。云儿原来只是笑，按照父亲和亲戚们嘱咐的话，轻声轻语地说愿意到这里来，此时一听已经有了人，就愣住了，脑子里一片迷糊。在家里所有人都没有想到这一层，谁会想到呢，总共才三天时间。那妇人的意思还要把她让进屋的，很友好。可云儿什么心思也没有了，就直接急急地向外走。妇人再说什么时，她已经出了胡同。亲戚家的年轻人看她连伞也忘了打，衣服差不多都湿透了，还有那表情，不用说，知道事情不成了。

　　这件事在云儿的生命中是一个大事件。回到家中，表面上看好像什么也没有发生。父亲仍然沉着脸干活，母亲更是面无表情。春种秋收，花开花落，飞鸟来去。可是云儿却感觉自己的心宽大了，甚至有点深了，可是又不清楚都装了些什么内容。身体也莫名地躁动不安，晚上常常望着星星，想一些梦一般的事，白天有事没事总爱顺着门前的坡地，一块一块跳下去，走到这座山头最东边，凌空站立，长久长久地向山下瞭望。

山下有一座水库，绿水如镜，波光闪耀。这些水大部分来自云儿家北边山中的河流，从太行山主峰的层峦叠嶂中奔突而出，经过层层山崭和沟谷，有时腾涌如泻，有时卷起浪花，有时强大，有时弱小，但最终到达出山口时都要被这道大坝所拦截。还有一部分水来自南边广大的山坡。山坡间没有形成主河道，但无数叫不上名字的溪流、沟涧，如人身上细小密匝的血管，涓涓细细，点点滴滴，也都汇总、渗透到水库中。尤其是到了汛季，只要连续三天降雨，山上就像到处开了水花似的，生动活泼，嬉笑顽皮，这里一汪，那里一挂，憋不住地向山下流注，水库里的水位在坝基上迅速提升，水面一眨眼工夫就扩大许多，平时亮着的石头、坑凹、草、低矮的荆棘丛，还有一些半大不小的树木逐步逐步都被淹没到水下去了。开始还有些杂草泡沫漂浮在水面上，很快就被它们自身弄干净了，很快就明亮澄澈、碧波荡漾了。水淹过大坝向下奔流，坝外就形成了一道宽大壮美的瀑布，水直上直下流泻，与坝体摩擦碰撞，千朵花万朵花便诞生出来，一道几十丈宽的缀满了浪花而又跳跃变幻的水帘子凌空飞架在两岸之间。从山外进来的人，很远就能听到瀑布的呼啸声。从望见它的身影开始，人们就都放慢脚步，仔细欣赏这少有的美景。每年的这个时候，水库大坝边的岸上，都挤满了从山下上来的人群。几日后，雨停了，水小了，瀑布并不停止，只是变得温和了许多，水帘薄了些，浪花稀了些。一直要到太阳高照几日，它才断断续续停下来。这时候，水与坝平，一去千万米，青山倒映，空气澄澈，这水库又成了山下人游泳消暑的好地方。有骑摩托的，有开汽车的，有一家来看热闹的，有朋友结伙潇洒兜风的。会游泳的一上来就脱光衣服，只留下一个三角裤腿，然后成排成排地站在坝岸上，双手一伸投入水中，水里便出现几条白色的浪沟。一排走了又一排跟上去。这些人在水里还做出各种表现。比如立游，游着游着突然停下来在水中站立，一只手举出来，一只手拍水，人却亮出半个身子来；仰泳，仰天躺在水面上，静止一会儿，猛然双手一推，又迅疾地向前游去，像一条漂浮的小船。还有人正游着突然钻个"水蒙子"潜入了水下，好长时间后从另外一个地方钻出头来。也有打水仗的，几个人一会儿追赶，一会儿围拢，水在他们面前噼里噼啪，浪花飞溅。一些不会游泳的人想高兴自然也有自己的办法：他们在山下城里早就买好了游泳圈，气充得饱饱的，有各种颜色，先是拿在手里挥舞招摇，然后套在身上扶着库坝入水。初学者这时候会尖叫几声，不一会儿就像只鸭子一样在水里摇摇摆摆起来。最神秘动人的是到了晚上，青年男女们在库尾的浅水里嬉戏。星光照耀，水汽朦胧，这里一对，那里一双，发出各种各样的叹息声、欢喜声、惊叫声，也有轻轻哼出的歌声。夏日的水库无意中成了城里人风流的舞台，放情的乐园。

对于水库这边的情形，云儿起初只是望见个轮廓，人流来去，花花绿绿。后来就不断从山上下来游转。对她冲击最大的是那些赤臂男女，光天化日之下把身体暴露出来，还没有事儿似的疯浪、叫喊。当然见多不怪，云儿很快也感觉到不怎么羞涩了。她从角落里走到坝上，走到库尾，看他们互相的勾结，听他们说话的内容，见没人注意时也定睛看一些吸引人的身架和肌肉，有时也绕着圈儿看他们乘坐的各种车辆。云儿觉得她的心里又大了很多。有一次云儿想到坝的南头去看看，走到坝中间，正好有几个人要跳水，就先站下来等他们完事了再过去。恰好这时候有一个小伙子跟着她走过来，像熟人似的说："别怕，走过去，碍咱们什么事。"云儿扭头看是一点也不熟悉的人，就没有说话，仍然站着。那人却一伸手拽着云儿往前走:"大路朝天,各走一边。"云儿本来是想甩开他的,可是坝上刚流过水是滑的,怕摔倒,就顺着他一块儿走过去了。一过去人少的地方,小伙子就说:"你叫云儿,就住在西边的山台上。"说着抬手指了指云儿家的方向。

"你是谁?怎么认识我。"

"怎么认识你?你站在山上向下望时我就看到你了。"接着,这个人告诉云儿,云儿每次下山他都在远处跟着她,并且还说不是他一个人跟她,是几个弟兄一起的。说着就扭头转向北岸,举高一只胳膊摇了几下,就见有两个人从人堆里走出来,顺着坝岸过来了。云儿心下有点忐忑,问:"你们是干什么的?""我们想帮助你,我们不是坏人。"他的这一句话又让云儿想起了上一次遭遇的事,一时默语。那两个人和这个人差不多的年龄。相比之下,先前这个稳重些,个子最高。其中一个矮个子,眉毛浓,眼睛却小,耳朵下边留着络腮胡子,瞪眼看人时有一种说不清楚的光芒。还有一个白净脸,鼻子大,鼻头格外隆起。三个人此时在云儿面前都是一脸的笑意。云儿想,既然是三个人,又不是鬼鬼祟祟的样子,说不准是干正事的,就完整地听了他们的意图。原来他们想在水库边做生意,卖游泳衣、游泳圈等,说云儿漂亮,又是本地人,想让她当营业员。云儿说自己没钱又没文化,担心干不了。他们就说,一切不用她管,只站着在那里收钱取东西就行。

水库的北岸上有一片开阔地,开阔地的旁边是一道土石交织的山崖,山崖下有一处向里凹着,形成了一个洞。山里人以前经常到这里避雨,洞壁和底面磨得光溜平整。他们的小卖铺就依此而建。货物摆上之前,他们先把云儿武装了一下,头发向上卷起,耳朵亮出来,眉眼没了遮挡后,如春光四溢,加上服装改变的效果,她往洞前一站,立刻成为一个耀眼的招牌。来买东西的人很多,不买东西的也要停下来看一看,问一问，尽量多跟云儿说些话。他们还借助旁边的两棵柿树，挂了一块帷幔，贴上"更衣处"三个字。

云儿的名字很快被这一带山村里的人所传诵。有的传得很神秘，说云儿家祖上有一门好亲戚，现在找到了。原来她父亲是有疑问的，有一次赶集卖箩筐路过此处，看到云儿的情况后也高兴起来。这样美好的状态持续了一段时间，后来云儿逐渐感觉有些不对劲儿。三个年轻人经常抢着拉她去县城。好不容易坐在了一个摩托车上，其他两个摩托车都要跟着来，说是去进货，实际上泳衣、裤腿这些东西一次就能进很多，根本用不上。他们就这样互相追逐着在县城转圈。常常要到一条叫"桃园路"的街上去转。这条街集中了县城大部分的歌厅舞厅，满眼是彩色招牌霓虹广告，袒胸露乳，摇屁股扭腰的女子在各个门洞里钻进钻出。三个人走着走着，经常有一个人突然停下来，把摩托车停在路边，钻进一家歌厅里去，一会儿又出来，身后引出三个五个妖艳的小姐来，嬉笑，勾手，招引，另外骑在摩托车上的两个人都举手打着招呼，共同望着后座上的云儿狂笑。三个人完全变成了另一种面貌。云儿有些害怕，但是又想，是不是自己太落后，结合一段时间以来的见闻，云儿问自己，莫非开放的社会就都是这样的吗？有时她坐在车后，年轻人老是嫌她坐得靠外，停车开车的时候也经常挨到她的胸脯和其他部位，也有弄疼她的时候，但又不能确切知道他们是有意的还是没意的。有一天晚上，三个人把云儿带到一个小饭馆里，说是请客，感谢她在小卖铺的工作，并且把一千元现金装到了她口袋里。这么多钱让云儿很吃惊，嘴里支吾着，心里却是异样喜悦。又共同喝了些酒，啊呀，一生中的好几个"第一次"集中发生在了云儿身上，来不及细想和躲避，三个人轮番地敬酒和亲拥，她一一都接受了。她从没喝过酒，也不知道能喝多少酒，她只感觉到有些热，有些燥，身体向外鼓胀。这时高个子与络腮胡已经醉得爬在了桌子上，只有那个高鼻子还清醒着。云儿伸出杯以为他还要让她喝酒，而他却站了起来，把云儿连拉带抱放到摩托上。他们两个来到了一家歌厅的包房内。这家歌厅不在桃园街上，而是在县城东南角的一个宾馆内。一楼至三楼用餐住宿，四楼全层为歌厅包间。房间内摆有沙发，还有音乐设备，大多数人都只用沙发不用音乐设备。这天晚上，云儿这张白纸，被完全地涂抹了。第二天世界彻底变了样，这倒不是只针对云儿说的，这三个年轻人也互相翻了脸。水库边的小卖铺也不开了，散摊的时候闹得惊天动地，互相揭露，互相叫骂，把如何欺骗云儿、玩耍云儿的事抖了个透。那个真正涂抹了云儿的高鼻子似乎还讲点情分，要带云儿走，另外两个人却不允许，说不能便宜了他，带到那里撵到那里，坚决不行。水库的人和从山村里赶来的人们，看着这场热闹，不禁唏嘘感叹。云儿只是在哭，哭够了就愣在那里。最后还是上次冒雨带云儿去县城的那个年轻人，挺着胸脯分开众人，走上前来，拉着云儿回山上去了。

路四

　　以现在的情况,他的身份只能算是一个"放羊的"。往前倒数三十年,可不能这样叫他。那时他是这个远离山下、远离城镇,山顶四十多户一百九十多口人的"队长"。男女老少,吃穿住行,都由他管理和调度。独立世外,权力倍荣,村上最美丽的姑娘成了他的妻子。他到山下开会,村上人总是提前很长时间聚拢在山口迎接他。他的身影在山下大路上一出现,山顶上的人就望见了。路上人多,山上人会迅速而准确分辨出哪一个是他们的"队长"。有时还争论,还打赌,输赢都欢喜,都会引来一片笑声。望着他一点点地走上小路,拐上山坳,登过一层崭登过二层崭,到看不见他的时候,就说明他已经登到三崭上了,人没影了,却能听到声音了。路盘旋着,远;直线距离,上下很近。他们就喊着话,互相应答着。估摸着他快上来时,众人反倒齐闭其口,躲在大石头后,没有一个人儿似的。但是等他从那个壑口一探出头来,众人又一齐跳出,欢蹦跳跃。这个时候,他就会把在山下听到的时髦话、新闻、稀罕事一一说给大家听。这个晚上,家家户户的灯会比以往亮的时间长。他说的话,会像水波一样在这个山村一圈一圈地扩散、渗透,反反复复地湿润男女老少干燥的心灵。第二天下地干活，无论让谁干什么工种，都格外高兴，劳动场面也会热闹愉快很多。

  他记不清具体是怎么变化的了，去开会时公社门口的牌子换成了"乡政府"，山下的"大队部"也变成了"村委会"。领导变年轻了，讲话内容也变了，特别是平时挂在嘴上的一些"说法"说得越来越少。再后来，村上下山的人多了，走亲戚，访朋友，每日盘旋的山路上都有上上下下的人，相互见面，言语也不多说，各自攒着心事。再后来，几户几户的都迁移落户到山下了，像决堤的水口，没有几年这四十多户人家就都下山了。开始还有老人留在旧宅里，年轻人隔三岔五还上来。渐渐地，连老人也都下去了，一座座的房子空下来。路四基本上没有动摇过。他对别人说是热爱山区，实际最开始的原因主要是恋着漂亮的女人。女人是独生女，女人的父母坚决不下山。建在一座山包旁边的路家从此成了这个村落的标志。一家人轻轻说话也感觉特别响亮，会传得很远。有时候路四在山边地里干活，女人喊吃饭，轻轻一叫，满山回响，一个声音重复着响遍周边山岭和沟谷。原来不是这样的。到了晚上，站在山边遥望山下万家灯火，他们会伸出指头指点着本村人迁移的村村落落，数说从前和某家某人的种种故事。路四不止一次地挨家挨户探看所有的房子和院落，除了惊起一群麻雀或几只野兔外，没有任何收获。眼睁睁地看着这些昔日里千计较万计较、精心营造的物件们塌落、腐烂、消失，逐渐被山风雨水、野草、杂树所改变、所占有。他自己家的房子呢？主屋背山向南，白墙灰瓦，东屋是石块墙石板顶的石屋。西边开阔无碍，直至山边一块像轮船一样的巨石。过去要多占一点地方堆放杂物还要担心群众议论，现在占多少有多少了。过去邻居们比着修房盖屋。现在没人比了，路四再怎么美化房子，也只有自家人评论评论。他感觉无论为这个家做了什么，心里都空落着。这种感觉一度让路四很奇怪。自己的老婆是很美丽的。过去在集体麦场上,他背着手巡视劳动的各个环节,再忙,总忘不了走到妻子身边,夺过木杈,替她翻一片麦秸。太阳照耀,麦秸闪着光亮,老婆身上的碎花布衫兜着一对高高的奶子,两眼像杏核……他以为别人没注意,实际上队长的动作,特别是队长和老婆的动作,大家都看在眼里,男人们眼馋,女人们窃笑……路四的精神是全方位地滋润着我。可是,现在,女人也有年纪了,路四对她也是越来越没要求了。他有时望着正在给他做饭的妻子寻思,这样的老婆,走在山下的庙会上,穿一件什么什么衣服,肯定还会招惹人眼……在山上,他几十年地看着她,拥着她,打扮不打扮,都属于他一个人,完全是"老来伴"和"生活夫妻"了。女儿嫁到山下,儿子到山下结婚,黑夜白天,炕上炕下,反正就两个人儿了。

　　树长起来了,草繁荣丰茂了。特别是那一种黄麦草,和山下地里的麦子很相似,茎秆细硬坚挺,只是顶上的穗子没有麦穗紧凑,稀疏、松散着。原来人多,草类们都退却了。现在人一走,又长时间的不见人归来,它们便兴奋和行动起来,能长的就都长起来了,能大的就都大起来了。这种黄麦草在每年九月左右最为繁盛,从山上边到山下边,一望无际似草原。路四从山下背来二只怀孕的母羊和一只正在发育的公羊,终于找到了新的生活兴奋点。一年时间,就有了十几只羊。三四年过去,路四成了一百多只羊的总司令。这小小的山顶草原,到处出没着羊的身影。现在路四和羊的感情已经是很不一般了。

　　牧羊的主要工具是鞭子和牧羊铲。路四认真学习如何使用这两样工具来管理羊群,和它们沟通交流,表达自己的意志。鞭子手杆很短,不足两尺长,鞭绳全部用羊皮绳密匝地编织而成。鞭梢也是羊皮绳,不同的是很细很细,使用着羊身上更特殊部分的材料。老牧羊人手里的鞭子可以耍出多种的花样儿,可以发挥多种的作用。鞭子一甩,如蛇舞如闪电，声音脆响，形神俱佳。那些以放牧为生的人，对鞭子非常敬畏，插在身上成为一种神秘的符号和神器。对羊来说，鞭子就是听话的命令、行动的指南。羊铲呢，与羊鞭发挥着不同的作用。一群羊和一群人没有什么区别，总有些羊要"出格"，超出管理者的"底线"。在"鞭长不及"时，用铲子在地上拾起一块石头，挥舞长杆，一条弧线划过，这块石头就会打到羊"出事"的地方或羊的身上，根据牧羊人的意志准确体现对"羊"的警醒和惩罚。路四使用这两样工具练习了很长时间。现在他对羊实施"专政"的时期已经过去，这群羊和他差不多已经完全实现了心理的沟通。当然，再加上地处山之绝顶，四处悬崖的特殊地理位置，羊群已经不必"放牧"了。羊在废墟了的村庄里自由宿营，在山坡上自由寻食和游逛。一般情况是，朝阳升起的时候，各处的羊伸伸懒腰，打打喷嚏，依次走出村庄向西出发，一直上到二里多外那个山包的顶部，黑羊白羊洒满整座山包，然后下来，像一条线一样沿着山的南边，溜溜拉拉向东走去，走到东山边再折回来向西。暮色落下时，它们会依次回家宿营，回复一片安静。这中间，路四干什么呢？他在另一座山包的半腰间找一块石头坐下来，看着羊群在他的眼皮底下活动。羊鞭别在腰间，羊铲插在身旁，威风凛凛，气宇轩昂。

有时也会有意外的事发生。羊本来是爬山登坡的能手，但毕竟整天在悬崖陡坡间活动，一旦"失蹄"，情况往往很严重。每年跌死到山下的羊不下十来只。有一次，一只身上黑、额头白的母羊跌下了悬崖。路四在远处，本来不知道。他只看到羊们走着走着不走了，聚成一团，一只只着急得转圈儿叫唤。他这才走过来，羊们闪开一条路。他爬到崖边一望，那只羊并没有完全跌下去，而是绊在了峭壁间的一棵小柏树上，前蹄紧抓着树枝，发出凄凉的哀鸣，与崖头上羊群呼应叫唤。路四十分着急。他嚎开嗓门喊妻子，让她拿着条大绳跑了过来。他们将绳的一头拴在一块大石头上，路四拽着另一头溜下悬崖，把羊背在肩上，拽着绳子艰难地爬了上来。刚才安静了的羊们一下子欢叫起来，簇拥着死里逃生的伙伴向前走去。路四的妻子吓得半天都缓不过神来。

他两口子和羊的感情既因为类似这样的"生死之交"，更因为平时平淡无奇的交流。饲草正常情况是没有问题的，但大雪一来，满山被盖，平时储存下来的黄麦草即便能让羊吃上几日，也不是最好的解决办法。因为他们的羊从小就都习惯了跑山吃草，在圈里憋几日就会焦躁不安，消化不良。为了让羊们舒服，他每年都要在废弃了的山地上点播一些特种玉米，所选择的地块高低不等，远近不同。所种玉米呢，也不浇水不施肥，只让它长出杆儿来。到了秋天，结穗的没结穗的一律不进行收割，满地的玉米秆在山野上站立。这样即便下了大雪，羊们仍然有独特的美食和乐园。还有，他们每年都要种一些红萝卜，仔细看着绿苗起出地面，长成像香菜那样形状的时候，不顾它在地下边长不长萝卜，就先动手把叶采摘下来，捆成一束一束的，让它自然风干，保持着鲜绿的颜色，挂在房檐下，形状很像旧时女人们剪下来珍藏着的头发。初到路家的人不知屋檐下挂着什么精细东西，都要奇怪地寻问。路四就会笑着很得意地对你说，很简单的，这是专门为初生又无奶的小羊羔准备的。他们经过多次试验和观察，了解到小羊羔刚生下来时如果母羊无奶，小家伙最喜欢吃的就是这种东西。

生老病死，更新羊群，是路四最动感情的事。在羊群里，公羊是更新速度最快的。喂养它们，主要是为了梳绒剪毛或作为肉羊出卖。繁衍种群不必要长时间留养很多公羊，只留存些身强体壮，精力充沛的。这些幸运的男羊当然也会受到很好的待遇，在羊群里它们是领袖，双角高举，走在队伍前边。队伍停下来的时候，它们往往喜欢站在高处，或者是一块石头，或者是一处高岗，仰着头四处寻望。但是，让路四最有感情的实际上还是那些生育能力很强的母羊。一只母羊的寿命能达到十年以上，七个月就可以生育，怀孕四个月即分娩产子，一生儿女成群。高龄母羊有点像慈祥宽厚的人类中的母亲。它们不声张，总是顺从地随着大多数行动，停下来时也是低着头动作很慢地默默地觅食。路四养过一只活了十四年的母羊。它生养的后代超过了六十只。那一年，眼看着它已经迈不动步了，路四也不忍心卖掉，到后来吃食都困难了，成了路四很大的心事：既担心它死在自己手里，不想亲眼面对它的死亡，又下不了卖的决心。有个串山收购的羊贩子听说是一只十四年的羊，要出高价买下，说是老羊的皮子有特殊功用。妻子有些动摇，商量了半天，路四还是一口回绝了。到了最后，还是一位早年迁移下山的老伙计来到山上，软磨硬泡了半天，用绳子系住这只老羊的脖子往山下走。路四无奈之下，只有半推半就地顺从了。可是，没想到，这只羊真是通晓了人性，任凭这个人怎么拉，它就是蹲在地上不挪身。路四掉了两眼泪，自己拿起绳子来拉它，羊却离地起身跟着走起来。沿着山崖边下山的蜿蜒小道，那个人走在前，路四拉着羊跟在后。走啊走，走到往山下拐的那棵皂角树旁，路四一腔心酸再也忍不住了，再也不想走了，一屁股坐在地上抽起烟来，羊就蹲在他面前看着他。那个山下的人夺过绳子，刚想用力拽羊。没想到此时此地，羊却一反常态，不用拽了，自己起身跟这个人走起来了。路四背过脸去，感到愧疚又无奈。

除了牧羊之外，路四还养了一大群鸡，和管理羊的模式差不多。没有鸡圈，没有鸡窝，没遮没栏，公鸡母鸡自由游逛，自由下蛋。到了晚上，一部分鸡飞到树上宿夜，高枝低枝，南枝北枝，槐树榆树，落着一架一架的鸡。由于这个原因，他家的一部分鸡快要返祖了，家鸡却都有了飞翔的功能。有时候白日里一撵它，也会扑棱棱飞起来，展翅如鸟，直飞树顶。再撵它，也不下来，从这一棵树飞到那一棵树。更奇怪的是，这些鸡下的蛋很别致。现在城里人流行土鸡蛋，以个小色白，蛋黄多蛋清少为时髦儿。这里的蛋肯定是土鸡蛋吧，但却不符合时髦标准。分明从土鸡屁股下出来，却个子很大，如树上的黄梨，不仅不白，而且色重，像杏子成熟了的颜色，六七个就是一斤的重量。路四在山下生活了多年的儿子，满心欢喜地提了这种鸡蛋在旅游区的路边叫卖，插上土鸡蛋的牌子，满以为会卖好价钱。谁知顾客一看都说个子这么大是洋鸡蛋，扭头都去买旁边的小鸡蛋。年轻人气得很，又说服不了顾客。下一次到山顶来就给父亲提建议，说来年春天从山下捉些"鸽鸡"，来山顶养大，让它下蛋，本来算盘子一样的鸽蛋，在山上一"膨胀"，正好就是山下土鸡蛋那么大。直说得路四抿嘴笑。他也搞不清是啥原因，好多东西，本来在山下小小的，往山上一移，平白就大了、变了，是土性？是气候？不清楚。

最近几年，路四还养出了几头驴，是家驴，却也是野驴的情形了——高高大大，纯黑纯黑的颜色。因为山上没有比它们更大的兽类，它们从无紧张的样子，走路一头一头地打着响鼻，甩着尾巴。自己高兴起来，撒欢奔跑时，却又兽性大作，两只前蹄和两只后蹄，分别扬起很高，跨度很大，频率很快，使山顶上响起一阵一阵的蹄音，飞起一溜一溜的尘土，互相追逐，似有无穷乐趣。偶尔有山下人上山，在黄麦草坡里，或者在树林中的小道上，和它们相遇，你一定不要等它们给你让路，没有这回事！常规的情形是，它们会迅速调整队形，一律头朝人的方向，用斜竖着的眼睛观察你的行为，相对相持，一动不动，也不主动"出招"。你绕路走开时，它们会全部跟着你转变方向，等你离开时，它们才会散开如故，恢复正常的活动。人和驴的这种对视，往往会给人留下深刻和特殊的印象。不知驴们对人会是什么感觉。但是，不用担心，路四对它们的管理却是十分有效的。他站在村旁水池台上，亮开嗓子呼出一声怪怪的长音，驴们立即就会顺着熟悉的途径赶过来。如果恰逢有山下来的客人在场，路四此时又会一脸的喜悦。

我认识这位路四已经十年时间了，现在我每年都要到山上看他一次。每次有每次的感觉和收获。今年因忙山下的俗事，一直挨到立冬这一天。再不能挨了，怕一下雪，今年根本就上不去了，这日下决心与友人攀登了上去。一到山顶，就朝着路家的方向呼喊，隔着几座山包，声音满山回响，未现人影、未闻人声，却传来狗叫的声音，是几只狗同时叫唤，劲头十足。然后才见路四应答着从家中走过来。在半道上接住我们后，他并没有立即把我们引到家中，而是高兴地带我们到村南的悬崖边去看他的新"工程"。这是路四刚架起的一个索道，非常简易，一根铁索凌空飞架，一头固定在一块三间房子大小的巨石上；把一棵大树当着点，在树上设置了纽扣、回索等机关和装置。另一头我们看不到，路四顺着铁索指划着告诉我们，另一头就固定在山下能看到白墙的那户人家的院子里。中间直线距离一千三百米。现在上下运送山货和粮食就靠这条索道。装载东西的是一个长方形的铁筐子现在是停止状态，就吊在我们眼前的绳索上。为了固定它，路四在里边放了一块大石头，仍然固定不稳，在空中不停地旋转晃荡。这套设备真是简陋，也谈不上可靠和安全，但它是路四的现代化举措。这让他眉飞色舞，激动不已，不停地给我讲话，成为我们相识以来他讲话最多的一次。

差不多尽兴了，他才把我们引到家。先前的狗又叫唤起来。路四却有些神秘，也不进屋，也不说话，而是一手把我推到窗户前。我正纳闷，窗户后边的屋内突然爆发出一阵女人的笑声，一边笑一边喊："俺的娘啊，是你老唐啊，咋会一直不上来了？"我赶忙进屋，看到路四的妻子坐在炕上，扒着窗台，对着窗户上的一小块玻璃向外望。她一扭头，一双眼睛还是那样的美丽和丰富。她上个月干活时才跌折了腿，双脚不能踏地，现在非要下地给我们做饭不可，硬被按住了。和刚才看索道时的路四一样，从见我刚开始，就一直不停气儿地给我们说这说那，说当年的恋爱，说山上的动物，说夜里山头上奇怪的火球，说雷电劈树打乌鸦的神异，说雪地上一只人脚印三只狼蹄印的"半仙之迹"……平日里，这一双孤独的人互相温暖着对方，现在也温暖和感染着我们。

这一次路四对我说，他现在有两件烦心的事。一件是，早年下山的人中有一位发了迹，成为山下的大老板，最近回到山上修坟祭祖，建造房屋，并且可能开发山顶生态旅游。果真如此，山上就要成为禁坡，路四的羊群等会失去生存的条件。另一件事是，他嫁到山下的女儿，家里几经变故，现在的婆家又翻了脸，要把女儿"扫地出门"。事情明摆着是女儿有理，乡镇法庭却明显偏向男家。女儿几次哭着上山找老爸，路四长吁短叹，想不起去找谁帮忙……我说下山后找找熟人，又不敢把话说得很硬。

路四把我们送到下山口。我下到二层崭上往后望，他还站在那里向我们招手。

风林

  认识风林，是我在一所中学教书的时候。他是学校一位化学老师的爱人。这位老师身材小，面容却姣好，肤色白，眼睛很神气，住在学校操场南边的一间平房里。不知道风林是什么职业，人们只看到他经常在学校操场上当篮球裁判，穿一身白蓝相间的运动衣，脖颈系着一个哨子，跟着运动员在场上跑，经常的形象是，弯着腰，半蹲身子，两手放在膝盖上，脖子前伸，一双小眼睛瞪得很亮，一有情况就迅速发出哨音，并且跨步上前，打出手势，表情认真而严厉，好像这些人他都不认识似的。边场上有人就笑他，觉得本来只是业余时间的娱乐玩耍，又都是同事和熟人。而风林连看也不看，继续夸张而认真地跑着。时间长了，人们觉得他说不上什么不好吧，却终归有些特殊和怪异。不久后发生了一件事，是冬天的一个中午，有人照例在操场上传球、投球，半玩不玩地活动，突然风林的爱人从南屋里跑出来惊叫。人们赶过去把急病了的风林放在平板车上拉着往医院跑。出了校门走到麦田间的横路上，他却在车上猛然坐了起来，一时像个好人似的。人们掉转方向，又把他拉了回来。一种说法是他中了煤气毒，更多的说法是新婚不久夫妻俩中午云雨过度,风林一时虚脱。这件事成了风林在我记忆中的底色印象。

　　后来,人物东西,风流云散,时代的风,时代的雨,刮了一阵又一阵,下了一场又一场。社会完全变了样,可是风林却像一个特殊的精灵,一直闪亮地存在,可是又一直在社会的边缘状态。说不准从什么人的嘴里,在什么庄严神圣的场合,偶尔就会有人提到风林,他便常常从堂皇世界的缝隙中毫无逻辑关系地跳出来。他做的事不入正流,似乎好笑,可是有时候又能挂在主流事物的边上,叫人想否定又不好说什么。比如,他曾经找县长说本县地下有热源,可以开发利用。县长说"你的热情很好,我们有机会勘察论证一下",他说"好",就走了。领导多少事啊,早把这忘到了脑后。过了一个月他却又找到了县长办公室。领导挠挠后脑勺说"等等,说这得有个过程呀"。他说,"是,可过程总得有个时间吧"。县长和他握了握手,又说了些感谢的话。过了一段,他又来传达室登记,要求见县长。工作人员在电话中嘀咕一阵,说领导出差去了。他又从身上掏出一份材料放在了传达室。再比如,此地山中有条河流,两山夹一峡,风林带着过去体育界的几个朋友,到山里看地形,绘地图,提出搞太行漂流的设想。其中有个人按照风林的设计搞了这个项目。风林呢,他穿上红色的救生衣,坐在圆形的橡皮筏内顺着河槽漂了一趟,至中心水面时,丢开桨板,仰望两岸高崖巨壁,用手拍打流水,连声高喊"快活",然后就再没到过现场。

　　他脑子里很少有钱的概念,差不多净是些与自己没有直接关系的新鲜事。县城西边的林泉庄,前几年有一对弟兄挣了钱,想标新立异,不知从什么渠道买了一架小飞机——很简单的那一种,前边一个玻璃罩子,后边像个电风扇,预备搞低空飞行旅游。他们在村边承包几十亩地,修成长长一溜跑道。标语和广告打了出去,县电视台、省级报纸作了报道,两弟兄成为轰动一时的人物。可是飞机停在那里快一个月了,还没人乘坐上天。成群结队的人只是去看热闹，围着飞机发表各种各样的意见。为了招揽顾客，有时候飞行员就坐在飞机上把飞机发动了，机翼转动起来，周围树木摇晃、尘土四起，飞行员一再向人们招手，可就是没一个人有胆量上去。风林说要乘坐。人们看着他轻松随便的样子，以为听错了，再三问过。风林也不正脸回答，而是直接进入上机程序。他今天下边穿了条短裤，上身只穿个背心，一件破旧的衬衣斜搭在肩上，脚下呢，哈呀，就趿拉着双拖鞋。弟兄两个见此情喜出望外，这可是登机第一人呀，不能简单对待，赶快把风林请到了路边的业务室，一边递烟递上水，一边打电话请记者，还迅速设计了一套方案：用汽车把两名漂亮的女业务员送到三十里外的旅游区，让她们坐在一个大石头上，等飞机过来，搞天地呼应的宣传效果。老板本来还准备付给风林些报酬呢，看到他无心无意的样子，就只是表面热情，其他凑合着不提。风林就这样上了飞机。伴随着拖拉机一样的轰鸣声，他被固定在驾驶员身后的座位上，腾空而起，离开了村庄和大地。他没坐过正规的大飞机，空中的感觉让他真的激动了起来。

　　此时正是麦子快要成熟的时节，田野里青黄相间，波涛翻卷，房舍逐步变小，道路、池塘点缀，人和各种车辆都成了儿童玩具一般。飞机越过太行山顶，峰峦、沟壑像幻灯图片一样向后闪去，碧绿的山前树林如无限大的地毯平铺向前。按照安排，飞到旅游区上空以后，他把一条红绸布垂了下去，地上的那两个姑娘一个撑一把大红伞，另一个撑一把大黄伞，像走剪刀股一样的转动摇伞。旅游区里的其他人都仰着脸向天上望，人们看到飞机垂下的来标语是三个字："我爱你"，便更加欢腾起来。好几家媒体的记者拍摄下了这些镜头。风林在天上只能望到大致的场面，根本也不知道红绸布上写了什么内容的字。对于这些轰动的效应，他有点出乎意料。他迈步登上飞机的镜头登在了市一级的报纸上，在旅游区里的欢庆场面也被印成广告。人们拿给风林看，在他面前摇晃着说一些庆贺之类的话，他呢，真正是看都不看，也无话语，也无表情，似乎完全的与己无关。

有一个星期天，我和一个副县长去登山消遣，地点选在相邻的另一个行政辖区内，荒僻偏远。几十年前是徒步翻越太行山的一条大路，现在坍塌毁坏，荆棘掩隐，但路的轮廓、从峡谷向山顶盘旋的石台阶还一段一段地残留着。我们攀登一会儿休息一会儿，越往上人的痕迹越少、自然风光越好。高耸入云的山崖和逶迤下来的陡坡上开满了各种各样的花朵，像夜空的星辰般耀眼。我们坐在一个拐弯的地方，侧身遥望，议论感叹，这时候突然听到旁边的灌木丛里好像有人在活动。这么高的地方，不可能有人的呀！难道是什么动物？我们立刻有些警觉起来，仔细听，窸窸窣窣，愈来愈近，似乎还有极其轻微的哼哼唱曲儿的声音。是人不假，会是干什么的呢？我们不说话，瞪眼望着发出声音的地方。不一会儿，从浓绿丛中现出一个人来，正是风林先生。他扇披着布衫，手中取了一根木棍儿，横斜着来到我们面前。副县长和我吃惊异常，他却笑哈哈的，很自然地在石台阶上坐下来，仰起头来和我们说话。我还在朝着他来的地方张望，心想一定还有其他人，风林会和什么样的人到这种地方来呢？哈呀，难道他也会从歌厅带一位小姐来浪漫吗？看了半天，没有任何人，确确实实就这位仁兄一人在行动。这叫什么？"闲云野鹤"中的"鹤"应该就是他吧？不取鹤的高贵，也不取鹤的圣洁，在这里我们只取他的独立和特异就够了。虽然路途不是太远，毕竟也算他乡吧，又是这样特殊的地理环境。副县长表现出了十分随意和友好，说了些平民式的家长里短的话。谁知风林却不接着说。他截断话题，大谈了一通法律和民主，完全不是社会上常见的那种发牢骚式的。他声调轻轻，语速缓慢，一层意思一层意思地讲，讲法律对民主的保障作用，讲民主在统治者和被统治者身上不同的内容和责任，甚至讲到在特定社会形态下权力可以大于法律和民主，等等。他这样讲的时候，除了使用方言有些土气之外，完全是很洋气的讲坛式风范。副县长很吃惊，不时从上边伸过手来拍拍他的肩膀。风林却一次一次把他的手推开去，继续认真望着他的脸说话。让我感觉到，这个表面上衣冠不整的人，内心里装着的是一团思想、一团精神、一团形而上学的思维元素。他是一个真正的普通人，又是一个不被普通人理解的普通人，由于内心里经常电闪雷鸣，所以躯壳和表面总是苍白着。

到现在我仍然不知道他正规的岗位和职业，也不知道他靠什么收入维持生活。在家里他有一个独立的房间，里面挂着乱七八糟的纸张、图画，还摆放着他从民间收集来的瓦头、瓷片等。人们经常看见他拿着一些破烂的东西回家去。他妻子肯定会埋怨他，但一定也是默许和认同的。她对人说起丈夫时，好像是生气的样子，却总是有些掩饰不住地笑，至多也总是这么一句："俺家这个人就是与人不一样，俺也弄不清他整天想着啥。"在他所住的小区，不知谁什么时候在墙角上放置了一个破旧面包车，风吹日晒，越来越不成样子，差不多就是一架废铁皮了，却被风林派上了用场。他上去把座椅平伏，把窗户用报纸糊上，用铁丝把四周封住，只留下一个偏门，然后把他喜好的东西全部移到了这台破车上。过了一段时间，他自己也住到了车上。小区的人们都不能理解他的行为，私下里说他和拾破烂的没什么两样。可是何必又都要人理解呢？风林有风林的处事逻辑。一些世俗礼节的事他也做，只不过是特立独行罢了。邻居家一位老人在故乡过世，小区里许多人共同乘车去吊唁。本来想叫风林的，可是考虑他平时的行为，怕惹难堪，就没叫。谁知车到了路上，却远远望见他一个人骑着自行车已经先行了。在灵堂内大家都上礼金，鞠躬致意，风林却没掏一分钱，也不鞠躬，而是跪下来磕头行大礼。你说，对亡人而言，哪种礼节更隆重呢？风林就是这样，常常依着事物本身思想，常常在世俗的混沌中亮出一道光来。他也关心时事政治，但又不是都关心，很难界定他关心的是哪类。按说这样一个人，完全应该久存于世的。他处在最平凡的人群中，与谁都没有竞争。他思考这个世界，又不给这个世界添乱。他是有些怪异，但那不过是他伪装太浅，暴露了人的一些本质而已。走就走吧，走的方式也很异常——他乘一个朋友的摩托车到一座山上去。山名叫"柏尖山"，太行群峰如浪，此山独举一臂。北京大学的一位地理学教授刚刚为这里题写了"神州初庙"的匾额，旅游开发尚处于起步阶段。山上本来很少有车辆的，恰恰就让他给碰上了。他们向下走，汽车向上走，在一个拐弯处出了事，他们一下子坠入深渊，就什么都没有了。

看谷子的老人

　　已经是秋天很靠后的时期了,照常规庄稼应该全部收割完毕。可是李老汉和老伴商量,想让这三分地的谷子再长一两天,催催籽,不是有一句农谚叫"谷停一晌,产量上涨"嘛。谁知道一停顿,老天爷却下起雨来。天阴得很浓,雨却不很大,箩面雨,还不如大雨,大雨来得快走得也快。这种雨是典型的秋雨,黏缠,作着长期下的架势。李老汉着了急,不仅怕谷子泡水发霉,还怕成群结队的麻雀来抢食。除此之外,雨天的夜晚,獾、黄鼠狼之类也来捣乱和破坏。因为别地方的庄稼大都收割归仓,兽类们也在努力拽着秋天的尾巴准备过冬的食物。老伴埋怨老汉,老汉坐在门槛上一袋接一袋抽旱烟,临了,站起来,从屋里屋外、旮旮旯旯胡乱收拾了些东西,打上一柄黄油布伞往地里去了,身后跟着一条黑白颜色相杂的高腿狗。到地里,狗竖起耳朵,蹲坐在地头,隔一会儿摇头撵撵那种阴雨天草丛里常有的小飞虫。老汉则先在地中间和地的两头分别插上了三个假人,夸张的人形,胳膊上拖飘着长长的破塑料纸,还用了些地边的草和树枝,用来吓唬飞鸟。然后,在地南头靠岸的地方,借助一块大石头的弯崖,搭了个简易小窝棚。很显然,老汉考虑周全,思想坚定，做好了日夜看守、长期作战的准备。像在前沿阵地打仗的士兵，一切部署，停当之后，老汉双手叉腰站在地埂上，眯眼看起雨中的谷子来。它们本来是一畦一畦播种的，现在由于谷穗的重量，已经失去了原来的秩序，完全看不出地里的埂堰和畦形了。他想起当初和老伴一起打畦梳垅的情景。把土深翻以后，挨着捡掉石头，把地的四角搜透镢尽——不像有的人家，有一坨没一坨，几年下来，越种越少，地成了圆锅盖。打畦也很有讲究，有的干脆不打，手抓种子向地里一撒，扔哪儿算哪儿。他家不这样，而是把土壤弄得跟面粉一样，然后拉起绳子撒灰线，眯眼瞄准定畦垅。谷苗透出地面，早晨太阳将升起的时候，是最好看的，鲜嫩，清新，一垅一垅，一畦一畦，比前几年时兴的绿色栽绒布还叫人欢喜。种谷子最辛苦的是间苗。正是暑伏高温天，闷热，不透气，蹲在谷地里，人热得像在蒸笼里一样，汗珠顺着脊背、腰腿流到土壤里。热得不行了，站起来到树荫休息一下。可是这个季节这样的山地，小小一片树荫，根本就和太阳底下没有区别，热气像火焰一样从圆圈扑来。在学生们背诵的古诗中，对"汗滴禾下土"这一句他最能听懂，也最知道它的具体含义。经过间苗之后，谷子长得很快，整齐划一，如着了新装列队待命的士兵。不用几日，它们身体的一个部位就鼓张起来，很快从头上钻出一个"青毛虫"来，粗看是整体的，仔细瞧瞧，又是由一小部分一小部分组成的。个头越来越大，各个部分之间也越来越紧凑。到几乎完全看不出缝隙的时候，谷穗的颜色就开始由青色向黄色转换了。李老汉知道那逐步表现出来的黄色，就是小米的颜色，金子的颜色。每当此时，他心情就特别好，想一些很奇怪的问题，有时候甚至一个人笑出声来。你说这稀罕不稀罕？一块山地，几粒种子，凭空里就生出这么多金灿灿的东西。一粒种换来了多少籽，一个兵带回来多少兵啊。真如变戏法一样呀。李老汉沉浸在耕作的遐想和幸福中。

这时候，他感觉到脚脖子上被什么东西触动着，低头一看，是老黄狗在用尾巴和他说话。扭过身来，看到身后的堰上站着一男一女两个中年人。男的撑一把绿伞，女的撑一把红伞。男的戴眼镜，紧抿着嘴，女的要小很多，大眼睛忽略忽略转，肤色很白，像雪像面，还挂着一对金色耳环，颜色比小米的颜色还要亮堂。

男的指着地边的窝棚问："这个做啥用？"女的同时也把眼投向了窝棚。

"哈哈，住人呀。"老汉笑着回答。没容他们问，他紧接着又补一句："看地，看谷子呢！"

"能值几个钱呀！受这罪！"女的用的是又尖又脆的声音。

老汉想呛她一句，抬眼看这女的真是好看，用力说话时两个腮帮泛起胭脂红。过去村东头郭老三家有个女儿就是这个样子，十里八村漂亮得出了名，后来被一个来游山的老板带走，全家都迁下山了。老汉没开腔。他把伞放到地上，拿起镰刀，弯腰从旁边的石堆上割了捆圪针，又把圪针堵在窝棚后边的岸壑处。见老汉这样，这男女一前一后走了。老汉没直身，从胳膊肘下边看了他们一眼。他们刚走，又有人从大路上斜过来。这次人多，有十几个，全是二十岁上下的毛头娃子。穿着阴阳古怪、花花绿绿的，有的打着伞，有的什么雨具也没拿，有的二三个人簇拥在一柄伞下，有的伸胳膊仰头，让细密的雨水往头上脸上淋，叽叽喳喳，嘻嘻哈哈，尽说些疯疯癫癫的话。一个男孩被挤跌倒在了岸下蒿草中，大家往上拽他时都做出各种各样的夸张动作，也有的把地里的假人当背景拍照片。他们来到窝棚跟前，一个一个探头往里看，发出各种尖叫，做着各种鬼脸。他们互相说话，却没有一个人认真看李老汉一眼，也没有一个人正式和李老汉说话。李老汉呢，几次想发声，看看是一群孙子辈的娃娃，就闪在一边，任他们疯了一会儿，都离去了，把田边的石头岸踩满了泥巴和草棒。

李老汉爬进窝棚里，在四角上分别压了一块石头，才说在草垫上躺下试试。就在半躺半坐之际，听到外边有人咳嗽。他弯腰走出来，见面前是一个老汉和一个老婆子，应该是一对老伴儿，老干部模样。男的白发向后梳着背头，耳朵大，面色白；女的是老式剪发，穿一件宽大的酱色布衫，一人撑了一把很大的伞，和颜悦色地说话。他们早年应该种过地，因为他说到谷子品种、产量、价格，还说"这个天气，停两天还行，如果再下雨，谷穗即便长在秆上也会霉烂的"，建议带雨把谷穗收回去。李老汉觉得他在行，也和他说了许多话。不过，这一对老伴四处看了看，对地块周边的几棵树木发了些议论，也就走了。李老汉心中犹豫起来，就打着伞围着地边转，转到大路边时，和路上来往的游人挨得很近。有的人不进地里来，却隔着渠沟和他说话，发出许多议论。他听到有个人说："咱刚才这顿饭吃了七百多元呢，能买多少小米！"

他不想再和人说话，也不想再让其他人来地里看稀罕，就把刚才割下来的那一捆圪针，从地南头搬到北头来，正好挡在大路向小路的拐弯处，然后撑起伞站着。几只灰喜鹊在大树上跳来跳去，一群小麻雀一阵一阵地在低矮繁茂的灌木丛上飞起又落下。雨下得更细小了，只有轻微的一点点，却满天都是，像湿度很浓的雾一样。抬眼望远处，山冈坡地间，仍然有很多游人，花花绿绿，三三两两，悠闲自得。这是他们的好天气，又下雨，又不大，有一点小障碍正好增添活动乐趣。在山边的"农家乐"喝点酒，玩玩牌，然后信步游转，真一幅盛世佳图。然而，这天气对李老汉却是一个真正的麻烦。特别是听了刚才那个老干部的话，他思量着要不干脆带雨收割算了。心中七上八下，地头的谷穗也在摇摆，一阵很小的风，就使它们像水里的波纹一样从这边涌向那一边。这时有个声音在大路上喊他，扭过身来一看，是最开始到地里来和他说话的那一对中年人。隔着那团圪针，女的笑眯眯的，男的做手势让他过去。挨到跟前时，这个男的说了一句什么就从裤子后边的口袋里掏出三张一百元的人民币要给老汉。老汉不接，他就把钱扔了过来。一张落在圪针上，两张飘到了地里边。老汉不知所措，但钱不能让雨淋湿啊，赶忙弯腰捡了起来，然后挪开圪针，呼喊着让这两个人站住，可是他们已经跑得很远了。李老汉愣在那儿，平生第一次经历这样不好处理的事情。

双河物事

一股水从西北方向来，一股水从西南方向来。西北来的叫淅河，窄窄的水面，哗啦啦的流淌，水面上一簇一簇地翻滚着浪花。西南来的叫淇河，河床宽，水面大，汪汪洋洋，不起微澜。两股水在此交会时，都改变状态，抖擞精神，十分生动起来。先是在交合线上互不让步，相搏相摩，卷起浪花千万朵。而后归于一道，融为一体。新生为一条更大的河流直直地向南流去。浪也不狂了，波也不卷了，你我不分了，很快形成的水势反而不像河流了，倒像是一汪平静如镜的湖面，只有站到远处望，才可以看到它实际上是在奔流的状况。水面上起着微烟，微烟里飞鸟往还。在两河交会形成的三角地带，陆地、水潭、河流，互相你我，藕断丝连。高大的陆地树木，如榆树、杨树、柿树等；低矮的水生植物，如芦苇、水莲、水荞麦；还有那种生长于水面又连秧成片的水葫芦等，都在茂盛地生长。四围是沟壑纵横的群山，道路蜿蜒，天荒地远，独独这一小片儿水色气象如江南。河里游动着各种水鸟，最先看到的是野鸭子，一般是几对几对的在水里游弋嬉戏。有一部电视剧《野鸭子》。女主人公由于各种纠葛变故，出生时被置于农村，泼辣、胆大，在后来的城市生活中弄出一场场闹剧。但是，真实的野鸭子并不是这种性格：它们体态娇小，颜色苍离斑驳，做事谨慎又鬼得很，半个身体浸在水面下，扬着小小的头，游来游去，突然一个扑棱，钻进水里，三分钟五分钟不上来，上来时抖起一簇水花，嘴上必衔了一条还甩动尾巴的鱼儿。在一片水面上，闪动着许多这样的身影。这里也有家鹅，是附近山民专门来河边放养的，成群结队，白花花一片。它们刚一下水，总是非常欢喜，迅速摆动黄色的脚丫，肥胖的身子扭动起来，而且不挤不闹，前后有序，到了水中央聚集在一起，总是集体抬头向四周观望，而后各自潜水劳作，一个弄着食物了，还没弄着的也都拍起翅膀一起欢乐。这些鸭呀鹅呀，热闹的时间不是很长，就各自结伙到旱滩上，草地里卧下来，不动作不吱声，宁静着等主人下令赶它们回家。

还有一种鸟叫不上名字，白头，灰身，彩色的尾巴，在水面上一群一群地飞，在地上沿着河岸跳来跳去，惊慌失措的样子。偶尔有的叼起了一条鱼，飞在空中，其他鸟都来抢，先是落下片片羽毛，而后那条鱼，总是又掉到水里。有时这鱼竟然还是活的，做梦一般的钻入深水。像它们这样特别忙碌的还有体积很小的麻雀，集体飞起时像一阵一阵鸟云，特别乱，叽叽喳喳，叫个不停，跳个不停，这里啄啄那里啄啄，并不总是有所收获，好像只是做着忙的样子。有一只起飞，就都盲目跟着飞起来，完全是一群"乌合之众"。

最让人心仪和佩服的是一种仙鹤般的鸟，很大，很白，长颈高腿，在北方山区很少见到。在这里先是望到了飞翔着的一只，离水面很低，脖子平直着长长地向前，两腿半屈半展，特别是一对大翅膀，一扇一扇地上下摆动，不急不躁，像一片白云从空中飞过。它并不飞很远，就落在河岸的一片水草旁。一落下来，就能看到它很庄严圣洁的姿态。飞有飞样，落有落态，立有立姿。刚才还扑棱着的翅膀，已经迅速收拢，双脚直立，使人想到"亭亭玉立"。脖子、脊背、翅膀，皎白如玉，浑然一体。更重要的是那种没有任何事情似的神态，不动作，不张望，叫人想起"静如处子"。从它身上移开目光，才望到河对岸的一块石头上，还同样立着这么一只娇物。不同的是，它缩着脖子，耸着肩膀，腿高高挺立，像一个披着大衣静观形势的世外高人。它们应该是一对夫妻，在这缺少同类的北方山地，智慧地设计了自己的活动方式：一个在此，一个在彼，又不使对方离开自己的视野。即使两只鸟同时升空，也是一只在前一只在后。它们大量的时间悠闲着，一旦行动起来就不同寻常了。我看了一次它们的神秘行动。先是其中一只看到了深水里游上来的一条大鱼，内心里动了杀机，表情上没有任何变化，只是轻迈高腿挪向水边。正当它瞄着鱼的时候，旁边一只土黄色的野猫却注意上了它，蹑手蹑脚地朝它走来。这场面叫人想起"螳螂捕蝉，黄雀在后"，在一旁着急，又说不清是替谁着急。还没等反应过来，形势就发生了变化，躲在别处的另一只鹤从高空猛然冲了下来，赶走了野猫。它们如愿以偿，一只从水中逮着一条红肚皮的大鱼飞起来，另一只跟随其后翩翩然飞向远方。一切又恢复寂静。若不是亲眼所见，真难以相信这个事实，越是高级的动物，有可能是杀心越重、杀机越复杂越狡猾的动物。美好的表象下隐藏着多么深奥难测的内幕啊！

动物们这样生存着，生动地，表演着。那么，人呢？这水边的人呢？呵呀，最生动最美好的当然还是人呀！早年的时候，人们担心河水暴涨带来灾害，大都把村庄建在离此处较远的地方。前几年有一户人家从大村庄迁居来此，在河边搭了三间简陋的平房，在山坡上拾了些荒地种庄稼，从水里打鱼虾赚零花钱，过着不受约束的日子。到了农忙季节，全家人要到远处山坡去劳动。临走之前，女主人在墙旮旯用土坯支起一口铁锅，放上水和盐，放上几条鱼，再在锅下边点燃一截木头，然后把锅盖好。炊烟升起，锅内轻轻滚沸。一家人在山上，有时还能望见这微微的炊烟。等收工回来人困马乏之际，掀开锅，鱼香扑鼻，加上早已准备好的馒头、窝窝头等，就成了这家人既能充饥又有营养的美餐。后来他们对这种鱼的做法有意识地进行改进，特别是逢年过节的时候，更是有时间来琢磨，在火势大小、焖煮时间、调料放置等方面精心试验，到后来做出来的鱼有了一种人们从未品尝过的神奇味道。鱼从锅里盛上来，一条一条的，不松不散，保持着原来的形状，肉又鲜嫩，吃到嘴里随即就化了，刺和骨头在口中存留一小会儿很快也就化了，吃到最后，每条鱼就一点儿也不剩了。这时候还有更美的东西就是鱼汤，所有味道全在其中，舀一勺浇在米饭上，或者弄一块馒头蘸着吃，简直是美妙无比了。这一家人先是自己高兴，后来拿这来招待亲戚朋友，再后来在河边开了"双河焖鱼"饭店，声名远播，传到了山外，传到了城市。

　　离此处八十多华里的县城，有三十几家专门卖这道菜的饭庄，门头上一律都挂着"双河焖鱼"的招牌。别的饭店一般都有前厅后厨，前厅摆餐桌、设雅座，后厨荤素烹炒锅灶齐全，而且奉行"客不入厨"的原则，都禁止客人参观做饭过程。这些卖鱼的饭店却是另一套布局，在大庭广众之下设灶焖鱼，为的是让顾客见证这是地道的"双河焖鱼"做法。这些人哪里知道，他们只是学了皮毛，比如只是坚持鱼焖的时间不少于三小时，只是知道在调料上，除了葱、姜、香菜、辣椒、大蒜、花椒、茴香之外，最主要的是要多放醋。还说醋一定要达到锅中水的三分之一。开始生意也红火了一阵，时间一长，吃客们两相比较，渐渐地又都选择了远去双河。何况，随着经济的发展，随着人们对精神生活的多元选择，到山野中品尝野味成了一种时尚，特别是那些白领，那些官员，那些老板，什么东西没吃过呢？三两朋友一簇，几个家庭一组，远途的过程充满乐趣，坐在双河边上慢条斯理地品嚼那特殊的鱼香，成为这一方社会版图上时尚生活的标志。河边上的这一家乘机改进技术，也懂了保守商业秘密。经过探索，他们从山坡水畔选择一些蔬菜和植物，根据不同鱼，不同火候，不同味道的要求，适时地往锅里加佐料。除了甜辣咸淡主味道之外，还在几种主味道之间调配出了好几种过渡性味道，让人吃到嘴里，说不清楚道不明白，就是能直愣愣挑动神经。一拨一拨的回头客带来了一拨一拨的新朋友。各种车辆，五色男女满河满岸的招摇。

现在这家人从水的南边依次向北划分了深水区、半深水区、浅水区。使用石头、水泥、阀笼和网箱作材料，进行河道改造。深水区黑洇洇一片，水下全是野生的鲫鱼；半深水区有些地方可以看见河底活动着野生的杂鱼；浅水地带，潺潺流水映照着河底的鹅卵石和一群一群窜来窜去的小鱼苗。主人根据客人的价位要求，分别到不同的水域捞鱼下锅。河还是原来的河，水还是原来的水，鱼儿还是原来的自然生存，只是人用了一些小机关，从天然之中截取了一份美味和恩泽。除了这些之外，他们还在河北岸盖了一幢三层楼房，并且特殊设计了高棚、立柱，把每层的阳台修建成几十平方米大的平台广场，在每层吃鱼的客人都有临水而居的感觉。有时候上下之间歌声应答，互相喊话。楼影伴着各色人等的身姿映入水中，波光闪动，如梦如幻。生意做大了，家庭成员也发生了变化，当年的少妇成了老妇，成了老板，最核心的机密掌握在她手里。她已经不再亲自主厨，只隔几天分发给下手们一些调配好了的佐料。她穿着一身宽大的衣服，河上河下，楼上楼下的到处走走。老伴儿憨厚诚实，负责每一台锅灶火候的指导，让这台灶灭火，让那台灶把火烧大，有时候也亲自取一块木头塞进灶里，眯着眼看它燃烧，开出火焰的花朵。当年的少女如今出脱成了河边美人，刚刚从安徽招进一个女婿，小两口是整个生意的执行经理，负责所有工作环节和服务人员的管理。她有一个哥哥在北京上了大学，专业却是服装设计，假期回来，把主要精力放在观察客人的服装效果上。碰上恰当机会,他还对一些男女的服饰作评点,引起人群一阵一阵欢笑。

每一茬客人散后,杯盘狼藉之际,在河边活动的各种鸟就飞过来。先是停在树上,然后落到栏杆上,然后着地,小心翼翼地跳近某一食物,急速而慌张地飞离。每只鸟儿都做如此的表现过程,叫人替它们着急,真想告诉它们,这时候的人们绝不会打扰它们,最想让它们尽情地享用这些食物。可是,物类相隔,人越是提醒,鸟儿就越是害怕,只好任其行事。

二姨

对二姨，我们口头上是喊大姨的。母亲姊妹三个，老大二十多岁的时候因生育去世了，不知道是为了忘却痛苦的记忆，还是为了显示母亲与二姨的亲密，从我记事起，母亲就叫我管二姨叫"大姨"。

一个阴雨天里，屋檐上滴着水，满院子泛着水泡，方格窗棂上的绵纸打得精湿。二姨和母亲盘腿坐在我家的土炕上，面对面。母亲把脸伸过来，二姨举着手里土色灰线拴成的剪形套结，在母亲脸上猛一拉紧，猛一放松。二姨眼睛瞪得大大的，一脸认真，母亲微合着眼，紧绷着脸；二姨的手拉一下，母亲的眉毛就皱一下。我看着好玩，却不明白在干什么，后来才知道是在拽脸上的茸毛。这在当时可能只是年轻的母亲和稍长的二姨之间亲密来往的一件小事。但那土炕，那小窗，那紧挨着的两张脸庞却石刻金镂般地留在了我的记忆里。

后来印象最深的就是去二姨家走亲戚。她家距我家只有二里地。中间隔着三道岸、五块地，那条土路不宽却被踩得发亮。庄稼没长上来的时候，两个村上的院门房窗，墙上挂着的玉米辫子，可以互相望得清清楚楚。夏秋时节，路两边是高高的玉米或汹涌摇荡的麦田，一个小孩在路上走，心里怯怯的。特别是秋季，玉米叶子在头上响动，就常有些从大人嘴里听来的精怪故事在心里闪现，一见有个同路的大人，就紧跑着撵人家。有时候母亲把我送到村口，望着我上路，然后站在村东的石碌子上给我喊话，隔一会儿喊一声，我用劲应一声。快到二姨村上的时候，路边有个厕所，也不分男女，就一溜黄土围了个圪儿，墙很矮，豁豁溜溜，下边是一个水池般的大坑，一块石头横搭其上，再简陋不过，但风吹雨淋也不见很坏。现在回忆起来，它没有臭气，没有肮脏，我估计主要是因为它是我那时去二姨家的一个路碑，到了厕所那儿，就钻出了庄稼地，就望见了二姨家村上的厂房。站在村口送我的母亲听我应一声"到厕所这儿啦"后也就该回家了。

我三天两头往二姨家跑，主要是因为她家里好玩，又给做好吃的。到了她家，二姨每一次都是高高兴兴的，冬季就拉着我的小手焐到她的脸上热乎热乎，然后抱我到火台上。春夏天，总是从水缸边的指甲草花上弄些花瓣给我染个花脸蛋儿，然后就笑着夸我漂亮。二姨家的院子很小又没有院墙，但总是打扫得干干净净。从院子西边的一土坡爬上去是一个开阔地，那里搭着戏台，常有戏唱，又有玩把戏耍西洋景的。我和姨兄弟们常在那土坡儿爬上爬下。坡上边有棵椿树，我记得它好高好粗。唱戏时，我们就争着爬树，坐在树杈上俯瞰瞧戏的人群，看台上唱戏的身插鸡羽翎、披红挂绿、舞刀弄枪，把一棵树磨得通体光溜，耍得累了就喊二姨要吃的。记得有一次，在戏台下，我和姨兄弟们想吃芝麻糖，大哥推二哥，二哥推三弟，都不敢去给二姨说，我说我敢，就跑下土坡喊二姨出来，手拽着她来到货摊儿前。二姨没言语，从身上掏了五分硬币递过去买了细细的一根糖，从头儿上折出指节般长短不一截给了最小的姨弟，其余没再折，全给我。两个哥哥瞪着眼，被二姨拉了回去，让我和小弟弟留在这儿吃。至今我觉得那天吃的半截糖很甜。

二姨很会做饭。有一次在她家玩，正好外公也来了。二姨搬掉缸上的石板盖儿，从缸底弄出些白面来，给我们烙饼吃。铁锅坐在火上，烧得浅红的时候，就见二姨麻利地弄了油在锅里擦，又利索地把面片儿放在锅里，几番摆弄，饼放在一个高粱秆扎成的龟形小筐里端上来。我和外公撕一片儿在桌上竖着墩，那饼竟一层层散落开来，软嫩鲜香极其可口。可是只烙了两张，二姨就变换了法儿，把面弄成稀面糊，高举了勺头往锅里溜，面糊均匀地溜成一层，上面泛起一个一个泡泡时，抓紧了翻过来，给我们端上来的时候，只是在碗里缩着一团儿，用手一提，竟是一张圆圆的薄薄的小煎饼，上面布满了小点点、小孔孔的东西，远看很像一张小小的筛面箩底，吃在口里，不嚼即化。这一次吃两样饼的美好感觉伴随了我几十年，走南闯北，山珍海味，不能说没有可口的，但在我的感觉上哪一次都抵不上吃二姨烙的饼。

二姨家住的房子不是一座完整的房子，而是从别人家的房子上隔出的两间，屋门和窗户都被别人家的山墙挡着，两间小屋白天也一直像傍晚时昏暗。二姨、姨父以及姨兄弟七口人就挤在这黑屋的两个土炕上。我有时来耍热了，晚上不走也钻在姨兄弟们的被窝里。三四个小孩一个被窝，为了争夺被子的覆盖面，常发腿脚大战。这时二姨就一脸严肃，真的生气了，但从不责怪我，总是在姨兄弟的光屁股上狠抽两下，嘴里嚷着："叫你给被子上蹬窟窿！"一窝小孩吓得不再吭声，蜷缩着等待天明。记得有一次我问二姨为什么房子这么小，二姨一脸苦笑。二姨没有回答我的问题，却促使我从母亲的嘴里第一次知道了二姨悲惨的身世和不如意的婚姻。

二姨小的时候，外公家很穷，十几岁时，外公把她许给了邻村一户人家的孩子。这孩子也曾和二姨一起在山坡上割草拾柴、在地头的石庵子里看桃、看杏儿。可这人家也是穷户，灾荒年，外公家实在过不下去了,就又把二姨许给了开矿房的王家,换来了二斗小米。

后来世道变迁,原先许过的那户人家东漂西散了。王家呢,也败落了,主人被人用马拖着在河滩里跑,血肉横飞归黄泉。要给二姨做丈夫的那孩子是被拐卖到王家的,被解救了出来,后来参军受伤,损害了大脑,痴痴愣愣的。二姨完全可以解除婚约的,外公硬逼着,说是那时吃了人家的救命米,二姨也就作罢,昏着头做了人家媳妇,住在村上分的两间房子里。后来孩子多了,姨夫头脑不好使,又没有气力,再也盖不起房子,虽然政府每年有一二百元的抚恤金,也只是杯水车薪,一家人的生活重担全落在二姨纤弱的肩膀上。她在地里当男人,在家里做女人,一年四季,寒来暑往,硬撑着七口之家的太阳和月亮。

知道了二姨的这些身世后,我曾对着墙角落过泪,再也不忍打扰二姨,再也不忍为难二姨了。

后来我参加工作,来到县城,节假日回家看父母,也总要去看看二姨。二姨的孩子们都大了,光房子盖了三座,二姨早已住进了新居。但她的心情并不好,唯一的女儿结婚不久去世了,大儿子结了婚,二儿子没能成上家,三儿子刚过门的媳妇硬闹着离了婚,四儿子和媳妇一块做买卖跑生意,六七十岁的二姨守着终日不多言语的姨夫,记挂着老二、老三的婚事。深陷的眼窝,高挺的鼻梁,全白了的发丝,显示着二姨心灵的艰难历程。但她从不对着我结愁眉,总是叫着我的小名儿,说她过得舒坦。

前年收罢麦子,山林正葱茏的时节,二姨平淡的生活里投下了一颗石子。早年跟二姨订过婚的那男人从台湾探亲回村了。二姨心里就有些不是滋味,几十年的生活之泉从底根里沸扬上来。那天她蒸了馒头,挎上竹篮,说是去我外公家看我舅舅,路过这台胞的村上时,就有些心乱起来。山道弯弯,小脚纤纤,眼看快要出村的时候,就看到那边麦场里走出一个穿花格衣裳的老人来。二姨心下有了数，索性在浓荫里坐定，等他走近。接下来就是二人面面相觑，还是二姨先发了话，叫着这男人十来岁时的小名儿。那台胞先生竟一步上前拽了二姨的手，也叫起二姨的乳名儿。他说："我回来三天了，常在这路上转，还在想你咋就不走娘家。"二姨问："你还记得我？"接着就说起先前在某某河边某某地头，一个在树上摘杏儿一个在地上拾杏儿的情节。叙尽了旧事又说现实。台胞说他在台湾一个学校里做木工，和女儿、孩子分着过，老伴是高雄人，前年刚去世。还说二姨的生活情况他已经打听过了，说很想帮助二姨，末了竟说出"回去给你先生商量，如果同意就跟我到台北去"的话。二姨没想到他恁重儿时的事，更不承想会说恁深的话，一时无言以对，竟流下满脸的泪来。当时二姨究竟如何下的断话，旁人没法知晓，只知道后来这台胞一直跟着二姨在山路上走，快到我外公家了，从身上掏出两张一百元的人民币硬放进了二姨的篮子里。事后，二姨对我母亲说："我跟他走了大概不缺福享，你姐夫可就要受罪了，一辈子都过来了，临死还咋？"除了二百元钱以外，这事儿对二姨的现实不会有什么意义。

今年母亲和我住在县城。没几日，我又接来了二姨。她走进我楼里的单元房里，一时就满脸喜气。我置办了我能弄得到的东西招待她。晚上，她躺在铺着海绵垫的床上，对母亲说："不是你修的孩子有本事，俺怎能到公家人住的房子睡一宿？"住了不几日，她即吵着要回去。我让母亲劝她。她勉强又住了一宿，第二天起床，梳了头，说啥也要回去了，临走时对我们说："这儿好是好，可不是俺久住的地方。"

终于没留住二姨，我心里很惭愧。

贫家之美

妻之五妹，人壮实，少文化，性宽厚，恋爱却搞得活泛异常，如火如荼。对方是一外省男子，白净脸，高挑个儿，还架副眼镜。两人相识后，不知几多云来雾去、山环水绕，家人知晓时，他们已形同铁壁，难以分离。家族之内亲外戚一致反对，理由是男方没有房子、没有工作，还拿县城附近几户有两层小楼房的求婚者来诱惑，企图让五妹倒戈。无奈五妹牙关紧闭，终不言语。金石不开，众人自默，五妹胜利。

五年过去，他们已经有了女儿，其间东奔西走，穿房借户，坎坷非常。但二人终是笑颜常开，有时来我家，二人眉眼对视，仍如谈恋爱时般神秘羞赧。年前听说他们要在城郊某村盖房子，地基扎在一坑洼地带。为了节省开支，夫妻二人带了女儿到山岭河滩挖沙开石，推土垫坑。木匠活、垒砌活也学着，万不得已雇用人时，也是精打细算，白天匠人上墙，夜里夫妻二人先把泥和好、把砖渗好，把梯子、锹镢摆好，不浪费一时工，不多用一个人。亲戚们接济些钱物，也是计算了再计算，折扣了再折扣，优选方案，最佳开销。春天里，房子主体告成。我去看时，树木掩映之中还只是四面透风、墙茬凹凸、没边没棱的房子"草稿"。

但对于五妹，这已经是一篇"锦绣美文"了。送我们走时，她高声高调，笑语响彻白云。

不久就捎来口信，说他们搬进了新居。按照风俗，我和爱人于立秋日，携了礼物，去给他们"暖房"，心想五妹一定是急于享受自己的杰作，急于有一个自己的家，而不待修理完备就搬迁了，甚至想五间房子也可能先收拾了一间，其余荒芜着。谁知情况大为出乎我的预料。院子已经垫平，门窗都安了玻璃，还挖了水井，修了简易厕所。院之角盖了鸡棚，公鸡振冠，母鸡叫唤，已有两批鸡蛋出售。屋内床上被褥旧而干净，客厅茶几沙发暖瓶水杯井然有序。只是东西少，又简陋。比如虽也有沙发，虽也摆在该摆的地方，但撩起上面的布罩，就会发现只是个自己扎的木架子。电灯线还没扯好，屋内只有床上头挂了个灯泡。家中所有，只一样东西很多，这便是花草。院内新垫的黄土上栽种了一溜月季，红、黄、白、紫，虽不粗壮，却弱枝独朵，疏叶郎朗。屋内桌上供神位的地方摆着若干花盆，绣球花红得鲜嫩，看石榴娇小玲珑，水仙花玉朵独耸，仙人掌本来愣脸愣气，于此处却在侧端上摔出两尾毛茸茸的小胳膊，变得可爱了。最边上的盆里是一株青物，高不盈指，粗不过豆，却绽开着疏密有致的青枝绿叶，从实处看像一棵大树的浓缩，往虚里想分明就是一个精灵、一首小诗。问妹夫，说只是一株冬青树，以冬青之粗糙平凡得如此精密纤巧，其间该有多少弯曲营造之功！屋门的玻璃扇上镶贴着两幅旧挂历画页，一幅黄山走云，一幅峨眉佛光，把千里之景也移于新居了。屋墙还未粉刷，只用白泥填平了坑坑洼洼。我眯眼观之，却见硕大一堵墙面上斑斑痕痕，如人如物，如云如水，气势磅礴，刻意难成。自知是受了五妹新居感染，走火入魔，胡乱臆想，无奈眼观如此，遂索要笔墨，在墙之角额题了三个大字：云水图。

当今之世，每日有多少新房站立，每日有多少佳人喜迁新居。乔迁者之中，贫穷如五妹者怕是不多。倘有，于贫穷之中如此栽花爱美者当不多。富家之美，美在豪华，美在丰润；贫家之美，美在精神，美在希望。

痛失坐骑记

怎么也不会想到，每日都放在楼道里的自行车竟会丢了。早晨醒来也没看，及至出门要骑车时，才发现那个地方空落着。一时心绪纷乱起来，系着红皮金鱼的钥匙拿在手里，却找不到要开的锁。整个一天里，满心满眼都是这辆自行车转动的车轮，就像失去的亲人、离别的朋友，在一起时并没注意到什么，一旦分离，就千遍万遍地想起它的模样、念起它的好来。种种风情，般般细节，在心头演化成一段岁月，交织成一幅图景。

这是我和妻子拥有的第一件豪华品。去买它时是一个下着雪的日子。根据通知，我们怀揣通过朋友弄到的购买证，一大早便来到商店门口排队，好不容易盼到大门响动，看到有位长着长长睫毛、红红脸蛋的姑娘走过来，却宣布自行车在离商店两华里远的仓库里，每个持证者必须到仓库推两辆到这里才可买去一辆。好天容易，一般雪天也好办，恰恰这天的雪奇异，颗粒如黄米，下得又大，洒到地上不仅不化，还一颗与一颗联结，把路面铺成一层坚硬光滑的冰。我和爱人新婚不久，躯体内燃烧着建设小家庭、开辟新生活的火焰，一人推一辆车，蹑手蹑脚，滑倒几次，心里不烦不恼，反开着花。却苦了那些年龄大些的、那些只来了一个人的，他们顾脚不顾手、顾头不顾尾，汗水融化着雪粒、嘴里吞吐着热气，有的竟掉下泪来。到商店我也没挑拣，就把爱人推来的那辆据为了己有。从此，它就成为我家的"一大件"。后来条件好转时，又给爱人买了辆小号车，它干脆就成了我个人的"专用坐骑"。

骑着它，我由20岁到了30岁，由为人子成了人之父，由混沌愚顽、四顾迷茫，而尘心初启、渐见蓝天。在它吱吱呀呀的话语声里，在它蹦蹦跳跳的舞步里，我感到了人类社会在翻过一页一页的书纸时所经历的舒服和痛苦。海湾上空"飞毛腿"用火焰划出的弧线，苏联八月风云带给世界的谜团，国土之东南蓝色大海边如和平鸽一样云集飞翔的楼群……天翻地覆，五气运作，长虹贯日，七彩飞天，我的自行车驮着我看世界，驮着我醒醉眼，驮着我上班下乡挣工资，驮着我走亲访友编文章。悲苦它记着，欢笑它知道，独自相伴无语时，也知晓我心事。它是一条船，摆渡我靠向生活的彼岸，浩渺弥漫，波翻浪卷；它是一匹马，载着我攀登人生的高山，峰峦叠嶂，山海连绵。在它的身上，我完善着自己，接近着目标，而它却渐渐破旧，褪去了往日光彩照人的容颜，失却了当初矫健迅捷的风采，唯有相知依然，唯有铁架如骨。每日我外出归来，就把它锁靠在门道楼梯边，外出时随手推起，即进入春风丽日或阴雨雷电，默默无语，心心相契。也曾担心过被人偷盗，又一想我对它看得重主要是因为交往深厚，内涵丰富，盗贼以貌取之，不会冒险而偷辆破车子，也就释然。恰恰就让我判断失误，真就被人偷了。悔恨绵绵，所向何之？

只费想，我的车子现在骑在何人胯下？它一定是"孔雀东南飞、五里一徘徊"。那车把上的斑斑锈渍，那坐垫下松动了的弹簧，那脚蹬拐偶尔碰擦链盒的声音，如临如见，如梦如幻。只乞求新主人慈善为怀，

第四辑 / 229

好生待爱——因为你原也是得的不义之物，即便破旧，也该珍惜。

我之车，牌号"红旗"，追念不已，是为记。

淇河天女

很偶然的一个机会,早晨都还没有一点知觉,突然一个电话让我来到了这里。拐过那座破房子时都还是灰蒙蒙的心境,一抬眼的功夫,情况变了。

那是一个女孩的背影,一个背影的轮廓,像一个笋尖,像一棵小树。再看就是柔软的腰肢,长长的,放在上身和下身的过渡处。她正背我而走,走着走着突然转过身来,能看出她是一个刚刚长成的少女。隆起的胸脯把那粉红色的衬衫扯得很紧,制作这件衣服时她可能还没有满上来。时间太短,来得太急,以至于当时款款落落的衣服现在却显得短小别扭。肩旁到下摆一直支棱着一条衣痕,使身体像包不住的水向外流泄。她脚上是一双淡红色平跟凉鞋,与城里的女孩子相比,应当叫作土气,但是她不用这些东西来夸张帮助身体,前胸后腰长腿,很自然地让她挺拔起来,只是她自己还很不习惯这种青春模样,走路是拖着脚步,一甩一甩地,目的是要把自己普通下来。但是愈是这样,愈把她的生长状态详细地表现出来。只是我弄不清楚,她为什么就在那么小的空间内——一座废园子的东屋和西屋间,那样反反复复地走过来走过去,衣服不变，步伐不变，有时却变换一下发型。第一眼看她时，发型是流海遮额，中间从东屋出来或从西屋出来。偶尔又把头发完全地散开来，或者干脆梳向头顶盘起发髻。就这一点上的变化，却需要叫人定睛再看。两边屋子，一边是一个铁匠铺，一边是一个电工房，怎么想也不明白她如此出来进去的缘由，可能这就是她不自觉中的一个舞台吧。生命之树长上来了，精神之花不由人地开放了，朦胧中有了展示的欲望，只是这舞台那里有很多观众？

　　对面是一座石山，整个一块石头接天触地横呈东西，背后是夏日里葱茏的山坡，山岭相叠，峰峦交勾，没有尽头。紧接破园子的下边是一条古老河流，名字叫淇河。《诗经》里记录了这条河边的许多故事。这些故事中的人物风情像那座石山一样已经沉淀停留在历史的远方。这里很快就要成为一座大水库，现在这个地方已经被人看作荒落破败之地。在河边生活着的零零散散几个山庄窝铺，很快就要迁往平地。这里的大变化即将到来。

　　自始至终我都没有能够和那位少女说话，但是就像第一眼看见她的感觉，她像一盏灯火，照亮了我们心中的所有角落。我在想，当历史的大幕即将落下，山野中的大事变即将到来之前，她像神话里的天鸟在这里跳来跳去。她那精妙而又纯粹的姿色、澄明而又不安的眼神，除了感觉十分美好之外，一定还在向我们暗示着什么吧。